PRIX : **60** *centimes*.

FERNAND-LAFARGUE

LES AMOURS PASSENT...

PARIS
ERNEST FLAMMARION, ÉDITEUR
26, rue Racine, 26.

LES AMOURS PASSENT...

DU MÊME AUTEUR

ÉMILE COLIN, IMPRIMERIE DE LAGNY (S.-&-M.)

FERNAND-LAFARGUE

LES

AMOURS PASSENT...

PARIS

ERNEST FLAMMARION, ÉDITEUR

26, RUE RACINE, PRÈS L'ODÉON

LES
AMOURS PASSENT...

PREMIÈRE PARTIE

I

Dans le salon du rez-de-chaussée de sa villa, les fenêtres entr'ouvertes pour laisser pénétrer le parfum des lilas, les jalousies demi-baissées pour arrêter l'ardeur d'un soleil de juin, Mme la comtesse de Brimont, étalée en un fauteuil de velours rouge damassé, un ouvrage de tapisserie à la main, l'air rêche et mesquin, les joues anguleuses, le regard terne, venait de faire appeler auprès d'elle Mlle Lucie de Brimont.

La jeune fille, soulevant une portière de tapisserie, était entrée dans l'ombre du grand salon qui ressemblait à un sanctuaire, s'était assise, et d'un ton qui signifiait : « Je sais bien ce que tu vas me dire », elle avait jeté cette phrase :

— Pourquoi m'as tu fait appeler, maman?

La bouche en cœur, le regard souriant de malice, les deux mains croisées sur ses genoux, la jeune fille attendait la réponse.

Lucie avait vingt ans. Entre sa mère d'une sévérité monacale et son père, un ancien viveur attendri, qui avait encore des enthousiasmes de jeune homme, Lucie avait grandi ballottée du comte à la comtesse, portée à préférer son père qui ne la

contrariait jamais, écoutant seulement par
déférence sa mère perpétuellement bougon-
nante, quelquefois même lui répondant
avec une âpreté qui frisait le manque de
respect.

Sous une chevelure blonde, très opu-
lente, elle avait un front large sans rides
naissantes comme s'il ne s'était jamais
froncé. Les yeux étaient doux, et de longs
cils jetaient une ombre de pureté sur la
plénitude rose des joues. La bouche, très
petite, semblait timide au repos. L'ensemble était gracieux, plutôt joli que beau,
plutôt délicat que saisissant; et la taille
était ronde, la gorge pleine, le pied petit...
un petit pied impatient, qui s'agitait en
attendant la réponse de la comtesse.

Mme de Brimont prit sur la table un livre,
un roman, et le montrant à Lucie :

— Lucie, tu n'as pas lu ce roman ?

— Lequel, maman ? demanda la jeune fille en se levant pour regarder le titre.

Puis elle ajouta :

— Non, je ne l'ai pas lu. Mon père me l'avait défendu.

— Et il a bien fait, riposta la comtesse.

— Je n'en sais rien !

Elle avait pour habitude de ne jamais laisser le dernier mot à Mme de Brimont quand elle la voyait mijotant une colère.

— Comment ? tu doutes de la justesse des conseils de ton père ?

— Je ne doute de rien, répliqua Lucie, maussade.

— Tu as lu ce livre et tu ne veux pas l'avouer. Tu as démarqué ma page. En outre, tu as dit, ce matin à table, qu'en se mariant avec un jeune homme choisi par sa mère, une jeune fille risquait d'être malheureuse.

— L'y voilà! pensa Lucie. Eh bien? fit-
elle tout haut.

— Tu n'as pas inventé cela, toi?

— Ce n'est pourtant pas fort, maman; je
l'avais entendu dire, d'ailleurs, par toutes
mes amies du couvent.

— Cela t'est resté bien gravé dans la mémoire!

— Ça m'intéressait, tu comprends... Et
ça se trouve dans ce livre aussi? Alors, je
vais le lire.

— Tu n'es pas raisonnable, Lucie. Tu
veux toujours me faire de la peine! reprit
la vieille dame.

— C'est toi qui m'as fait appeler! répliqua
la jeune fille.

— Oh! certes, tu ne serais pas venue
sans cela! Tu fuis ta mère depuis quelque
temps...

— Je te fuis? Pourquoi? A propos de

quoi? Tu me ferais croire que je manque de cœur.

— Tu ne veux pas devenir raisonnable.

Alors, le dialogue s'engagea, brusque, net, vif et franc.

— Qu'est-ce que je fais de fou? demanda Lucie froissée.

— Tu ne veux pas te marier.

— Si, je veux me marier... Tu vois bien.

— Toujours avec un autre que celui qu'on te propose.

— Vous me présentez toujours quelqu'un qui ne me plaît pas.

— Nous finirons peut-être par rencontrer celui qui est de ton goût, dit la comtesse avec amertume.

— Oh! ce jour-là, je dirai : oui !

La comtesse, devenue douce, carressa la jeune fille avec la voix et demanda :

— Son nom? Voyons! Dis-moi son nom !

— Petite mère, répondit Lucie en tous-
sant, parlons d'autre chose, veux-tu ?

— Est-ce que tu l'aimes? insista Mme de
Brimont.

— Eh bien, oui, là! Je te l'ai déjà avoué !
Laisse-moi, puisque je ne veux pas parler
davantage.

— Lui, t'aime-t-il?

— Je le crois.

— Est-il noble?

— Non, maman.

— Riche?

— Oui. Ça s'est trouvé ainsi. Tant mieux!

— Pourquoi ne vient-il pas te demander?

— Ah! c'est qu'il ne peut pas m'épouser
tout de suite... Dans quelque temps, il se
décidera.

— Mais, ma fille, c'est un scélérat, un
homme qui n'épouse pas tout de suite!

— Tu crois?

— Assurément. Il a des vues malhon-
nêtes.

— Je l'aime bien, cependant!

La comtesse suffoquait.

Maintenant que Lucie avait commencé
l'aveu, elle était heureuse de tout dire, et
naïvement, avec une pointe de raillerie
pourtant, quand sa mère lui demanda :

— Mais tu ne lui parles jamais, je
suppose?

Effrontément chaste, elle répondit :

— Quelquefois! Le plus souvent possible.

Mme de Brimont renversa la tête sur un
fauteuil, écarta les bras en les levant au
ciel, les rapprocha, joignit les mains et,
d'un ton désespéré, s'écria :

— Mais, malheureuse, tu te compromets!
Je te défends de lui parler désormais!

— Sans le connaître ?

— Parce que je ne le connais pas !

— Si tu le connaissais, tu l'aimerais.

— Imprudente ! Je vais causer de cela avec ton père.

— Si j'avais su, je ne t'aurais rien confié.

— Ton père ne doit pas ignorer des enfantillages...

— Très sérieux, ajouta Lucie.

— Oui, trop sérieux !

— Est-ce que je fais du mal, enfin, maman ?

— Tu t'exposes à en faire.

— Qu'est-ce que tu veux dire ? interrogea naïvement la jeune fille.

— Rien, fit sèchement la comtesse.

Et sur ce mot elle s'apprêtait à sortir, lorsque la porte s'ouvrit ; un domestique annonça :

— M. Georges Desroches.

— Lui! murmura Mlle de Brimont.

— Faites entrer, dit la mère.

Georges Desroches entra.

II

Il n'était pas seul.

À son côté apparut une jeune fille, brune
à peau blanche, un peu grande, les yeux
très purs et très mobiles, le type grec, la
stature imposante, vêtue simplement avec
un goût exquis.

C'était mademoiselle Desroches, la sœur
de Georges Desroches qui, lui, protecteur à
cause de l'autorité de son sexe, paraissait
néanmoins plus jeune que sa sœur.

Lydia avait vingt-quatre ans, deux ans

de moins que Georges. Ils étaient orphe-
lins.

Depuis quelques années, Lydia et
Georges avaient noué connaissance avec la
famille de Brimont.

Les villas étaient voisines. Par-dessus les
haies, les jeunes filles s'apercevaient souvent; elles finirent par se parler. Une intimité quotidienne s'établit.

Lucie avait un culte pour Lydia; et, de
son côté, Lydia éprouvait une amitié violente et dévouée pour Lucie.

Chaque fois que Georges était obligé de
sortir, de s'absenter pour un voyage de
quelques jours, il conduisait Lydia dans la
famille Brimont, au grand bonheur de
Lucie, et de cette façon épargnait à sa sœur
les ennuis de la solitude.

La comtesse, le comte surtout, s'étaient
attachés à cette grande jeune fille pâle, qui

avait une démarche un peu fatale, qui riait
peu, qui parlait peu, qui pouvait être de
bon conseil pour Lucie en lui donnant
l'exemple d'un caractère positif, sérieux,
d'une nature droite et virile, d'une raison
froide, dominant un cœur ardent.

Georges, peu à peu, s'habituait à une
maison si hospitalière pour une sœur qu'il
chérissait profondément: il commença par
éprouver une reconnaissance qui, tout à
coup, se changea en un sentiment de vive
affection pour toute la famille, et enfin dé-
borda dans une dernière transformation :
il aima Mlle de Brimont.

Georges était un beau garçon, d'un abord
franc, d'une mine distinguée. Une abon-
dante chevelure frisée encadrait un visage
au teint mat, animé par les feux d'un regard
intelligent. Lucie l'aima.

Chaque fois que Georges paraissait devant elle, depuis quelques mois surtout, Lucie pâlissait légèrement, évitait son regard, et, pour ne laisser remarquer par personne cette émotion passagère, s'occupait à replacer un meuble, à baisser les jalousies davantage, à ouvrir les rideaux.

Puis, quand le sang de ses joues était redescendu au cœur, elle s'asseyait et prenait part à la conversation.

Georges Desroches salua Mme de Brimont, s'inclina devant Lucie.

Lydia se précipita dans les bras de son amie, et la comtesse, qui lui avait tendu la main, fut obligée d'attendre que l'effusion des baisers fût passée.

— Oh ! les deux amies ! dit-elle.

Puis, s'adressant à Georges :

— A la bonne heure. Nous vous attendions.

Depuis six jours, on ne vous voyait plus !

Lydia était venue embrasser la comtesse et vite était allée s'asseoir à côté de Lucie.

— Et M. de Brimont? demanda Georges avec intérêt.

— Il est en bonne santé ; je vous remercie. En ce moment, il chasse. Asseyez-vous donc là, dans ce fauteuil, près de moi... c'est cela. Est-ce que vous avez beaucoup chassé cette semaine, vous ?

— En l'absence de mon ami Armand, je sors très peu.

— C'est dire que vous rattrapez le temps perdu quand vous êtes ensemble.

— C'est un excellent ami, madame.

— Etes-vous privé de lui pour longtemps encore ?

— Il est allé chez sa mère et reviendra ce soir, je l'espère. Je l'attendais même ce

matin ; son château n'est pas très éloigné
d'ici.

— Vous devriez nous le présenter ! Vos
amis sont les nôtres.

Dans l'autre groupe du salon, quelques
mots s'étaient échangés à voix basse.

Lucie faisait des amitiés à Mlle Desroches
et lui disait :

— Tu es bien aimable d'être venue !

— Je sais pourquoi tu me dis cela, murmura Lydia en souriant.

— Pourquoi ?

— Parce que je ne suis pas venue seule !

— Vilaine ! fit Lucie, en tapant doucement
sur la joue de son amie.

— Un secret ! Fi donc. Avec moi ! remarqua Lydia d'un ton de reproche.

— Mais aussi tu es bien curieuse.

— Ai-je deviné ? demanda Lydia.

— Non.

Et Lucie baissa les yeux.

— Entêtée et sournoise ! gronda Mlle Lydia d'un ton affectueux.

En ce moment, un domestique annonça

— Madame Christian.

III

Lydia se pencha vers Lucie :

— C'est la jolie veuve ?

— Oui ; nous allons rire ; examine-la bien.

Georges, de son côté, s'était approché de Mme de Brimont et, d'un air indifférent, avait demandé :

— Quelle est cette dame ?

— Celle qui cherche un mari ! On ne connaît plus qu'elle dans le pays ! Elle m'agace...

Et comme Mme Christian entrait, la comtesse se leva très gracieuse et l'accueillit en souriant :

— Eh bien ! chère madame, que devenez-vous ?

— Je vis très retirée depuis quelque temps, répondit la nouvelle venue d'une voix claire et sonore.

La comtesse fit les présentations :

— M. Georges Desroches... Mlle Lydia Desroches... Mme Christian...

Et tout le monde s'assit.

Mme Christian, même assise, paraissait grande.

Elle avait un buste haut, bien placé sur des hanches fortes. L'opulence de sa poitrine riait en même temps que son double menton à plis gras et lascifs. La taille, qu'elle serrait, n'était ni grosse ni fine, et paraissait plutôt fine que grosse, à

cause de la largeur puissante des épaules.
Elle avait le front ridé des femmes devenues
trop grasses sur l'âge, et des pattes d'oie
dissimulées par un maquillage habile. Ses
trente-neuf ans faisaient de l'effet. La noir-
ceur des sourcils donnait au feu des prunelles une profondeur passionnée, et le
velouté des joues pleines illusionnait sur
ses années. Le nez, arrogant et frémissant,
jugeait les mots des autres avec un tres-
saillement perceptible et mondain, qui
faisait passer la femme pour spirituelle
sans qu'elle le fût trop. La bouche avait des
lèvres inégales. La lèvre supérieure, très
mince, s'enfonçait dans la rougeur carminée
de la lèvre inférieure, avec cet avance-
ment de la mâchoire qui dénote des ten-
dances passionnées.

A peine assise, elle s'était levée pour aller
serrer la main de Lucie.

— Bonjour, chère mignonne. Moi qui ne vous avais rien dit !

Et la conversation s'était engagée, un peu languissante au début.

Lucie, très malicieuse, connaissait le défaut capital des gens reçus chez elle.

— Mais, voyons, madame, vous ne dites rien ? Des nouvelles ? Vous ne savez pas de nouvelles ?

— Oh ! non, répliqua Mme Christian. Du moins très peu de choses...

Et, après cet exorde restrictif, une fois sa langue rose en mouvement, elle partit ainsi :

— M. de Régalia s'est cassé le nez, hier, aux courses de la Brède. Son cheval a fait un faux pas. Il n'y a pas du tout de sa faute. J'étais là ; je me connais en chevaux et en écuyers.

— Le pauvre monsieur ! interrompit Lucie.

Mme Christian reprit, avec un assentiment de la tête :

— Mme Rateau a mis au monde une petite fille qui sera laide, dit-on... Vous connaissez la mère ? Non ? Oh ! c'est dommage, une vraie guenon.. Elle n'était mariée que depuis sept mois... Mlle Gabrielle, la fille de Mme de Brenon, se marie la semaine prochaine contre le gré de ses parents. Il paraît qu'il le faut. C'est un scandale. Jugez donc : elle épouse un jeune homme qui a eu un grand père chiffonnier. On ne se mésallie pas ainsi. Il est vrai qu'elle descend d'une couturière... et d'un huissier.

— Tiens ! j'ignorais ce détail, remarqua la comtesse.

— Figurez-vous que la sœur de Mme de Brenon s'est promenée hier, a osé se promener sur la grand'route avec un officier de hussards. Une vieille fille. Concevez-vous cela ?... Elle avait la robe de soie la plus extravagante... Enfin! la vie est une étrange chose, mon amie. Depuis la mort de mon mari, je vis bien seule, bien retirée. J'ignore tout ce qui passe au dehors. Du reste, je n'aime pas à m'occuper de ce qui ne me regarde pas. A quoi bon, n'est-ce pas ? Parler des uns et des autres pourquoi ? Certes, on a bien assez à faire lorsqu'on veut s'examiner soi-même ! A propos, vous savez que Mme Briol a surpris une lettre très compromettante... adressée à son mari... par une jeune fille... que je ne veux pas nommer.

— C'est un fait divers, cette femme-là, murmura Georges.

— Cela causa un scandale, reprit Mme Christian. Et vous, que savez-vous de nouveau? demanda-t-elle en s'adressant à Mme de Brimont.

— Je sors beaucoup, mais je ne sais rien.

— Oui, affaire de chance. On se trouve là, on entend causer. Ce n'est pas autrement que j'ai appris ce que je vous raconte.

Elle s'arrêta un instant et reprit :

— Il me semble que j'ai vu la voiture attelée dans la cour. Est-ce que vous allez sortir ? Il ne faut pas que je vous dérange.

Lucie intervint :

— Comment donc, madame! Restez, ou plutôt, venez avec nous. Vous causerez avec ma mère.

Et s'adressant à Lydia :

— Quant à toi, tu viens bien aussi faire un tour de promenade ?

— Demande à mon frère... Georges, est-ce que ce n'est pas ce soir qu'arrive M. Roussel ?

— Si, pourquoi ? interrogea Georges Desroches.

— Me permets-tu d'accompagner ces dames, tout de même?

— Nous rentrerons de bonne heure, n'est-ce pas ? je ne me laisse tenter qu'à cette condition... Je dois aller recevoir mon ami...

IV

Les jeunes filles parties, la comtesse de Brimont, Georges Desroches, Mme Christian, restèrent en présence.

Ce fut Mme Christian qui reprit la parole en s'adressant à Georges Desroches.

— Mlle votre sœur a prononcé, tout à l'heure, le nom de M. Roussel. Est-ce qu'il est de vos amis, ce monsieur? On en dit beaucoup de mal.

— De mes amis intimes, madame.

— On m'aura mal renseignée.

— Vous avez pris des renseignements?
interrogea la comtesse, un peu railleuse.

— Et l'on vous a dit ? demanda Georges.

— Que comme séducteur il n'avait pas
son pareil.

— C'est une qualité cela, remarqua Mme
de Brimont.

Georges intervint :

— Armand est un très honnête homme.

— Ah ! il s'appelle Armand? fit Mme Christian.

— Comment ? vous ignoriez son prénom ?

— Je sais tant d'autres détails.

— Ah ! lesquels ?

— Il est né dans le Périgord.

— Vous voulez dire en Bretagne.

— C'est à peu près, ajouta la comtesse en
riant.

— N'a-t-il pas son père qui fait le commerce des...

— Il est orphelin de père.

— Sa fortune est bien un peu obérée !

— Il est millionnaire... au moins.

Mme Christian se trouvait mal à l'aise.

—Mais enfin, il est brun, dit-elle, triomphante... un beau brun.

La comtesse éclata de rire et riposta :

— Vous devez l'avoir vu !

Ce fut au tour de Mme Christian d'interroger.

Poussée par une curiosité malsaine de désœuvrée, elle demanda :

— Est-il marié ?

—Non, madame, répondit Georges...

La comtesse se leva :

— Me permettez-vous, madame, de vous laisser un instant seulement ? On vous a mal renseignée sur ce monsieur. D'ailleurs, vous le verrez bientôt, M. Desroches nous le présentera.

3

— Et dès lors, madame, ajouta Georges en s'adressant à Mme Christian, vous le défendrez contre les calomnies, n'est-ce pas ?

La comtesse sortie, une scène étrange se passa.

Mme Christian se retourna vers son interlocuteur :

— Vous voyez que je n'ai pas eu l'air de vous connaître, lui dit-elle.

Georges, très pâle :

— C'est qu'en vérité nous ne nous connaissons plus, madame.

— J'ai suivi nos conventions.

— Permettez-moi de croire qu'à l'avenir, elles nous serviront encore de règle de conduite.

Mme Christian prit une voix sévère :

— Je ne suis pas ici pour récriminer, monsieur. Depuis dix mois que je ne vous vois plus, vous avouerez que je n'ai fait aucune démarche pour vous demander une explication que vous n'auriez pas pu me donner. L'occasion se présente, je la saisis.

Mes larmes me donnent le droit de vous interroger. Que vousai-je fait à vous qui m'abandonnez ?

Georges, visiblement ennuyé :

— Avez-vous pu croire un seul instant que nos relations seraient éternelles ?

— Non. Mais j'avais tout lieu de penser que la rupture serait moins hâtive.

— Quand il faut rompre, que ce soit aujourd'hui ou demain !

— Il vaut mieux que ce soit toujours demain !

— Cela, c'est de l'esprit, dit Georges en la regardant bien en face. Notre liaison était née d'un caprice, un caprice la brise ; si vous voulez, restons amis.

— Ce dénoûment prouve que vous me jugez d'une façon odieuse.

— Eh! mon Dieu! non, madame. Est-ce à moi, plus jeune que vous, à expliquer les mille circonstances qui peuvent pousser un jeune homme à quitter une jolie femme ? Il ne suit pas de cet abandon que je ne vous aie pas aimée, et je vous supplie de vous consoler au plus vite d'une douleur que vous ne ressentez pas. Supposez que je sois mort ; votre mari vous a quittée de cette façon-là. Vous êtes deux fois veuve, voilà tout.

Georges arpentait le salon à grands pas, furieux, au fond, d'être obligé à cette franchise brutale.

Il regarda Mme Christian.

Elle avait le sourire sur les lèvres.

Il se rassura.

— Maintenant Georges, je vous aime dix

fois plus. Voilà ce que vous gagnez à être franchement cynique !

— Vous êtes très aimable, répondit le jeune homme ; une poignée de main pour cimenter cette désunion. Allons ! ce sera nouveau.

Elle lui tendit la main :

— Encore un accès de franchise, vous aimez quelqu'un ?

— Personne.

— Sur quoi le jurez-vous ?

— Sur ma fidélité, dit Georges en riant.

— Je sais donc à quoi m'en tenir.

— Tenez-vous-en là, c'est ce que je demande. Ces dames nous attendent, venez-vous ?

— Je vous suis.

Georges sortit.

Mme Christian demeura seule.

Alors son visage se contracta et prit une expression de haine sauvage :

— Oh! non, je ne m'en tiendrai pas là! murmura-t-elle.

Un domestique entrait.

V

D'un coup d'œil, elle le jugea vénal.

C'était un grand garçon étriqué dans sa livrée verte, à boutons d'or, la figure émaciée, les yeux ronds en trous de vrille, la bouche béante, la physionomie nulle.

Il avait pourtant un air dégagé qu'il avait pris au frottement des gens du monde, et son front bas, ses sourcils serrés, son regard louvoyant indiquaient chez ce comparse social une dose de tenacité et de finesse.

— Mme la comtesse fait prévenir madame que la voiture et prête, jeta le valet d'une voix un peu nasillarde.

Il se tenait droit comme un héron.

— C'est bien, répondit Mme Christian.

Il sortait. Elle le retint d'un geste :

— Valentin ! Vous vous nommez Valentin, n'est-ce pas ?

— Oui, madame.

— Si votre service vous le permet, venez chez moi, demain, dix minutes seulement. Voici, ajouta-t-elle, en lui mettant une pièce d'or dans la main. Vous m'avez compris ?

Et, d'un nouveau geste, elle le congédia.

— Oui, madame, dit Valentin, très humble et le dos convexe, en soulevant la tenture.

— Si le hasard confirme mes doutes, murmura madame Christian demeurée seule, nous verrons si l'on m'aura dédaignée en vain !

Elle resta un moment pensive et s'apprêtait à sortir, lorsque le comte de Brimont apparut, souriant, à l'extrémité opposée du salon.

— La veuve retourna sur ses pas et vint à lui.

— C'est moi qui vous chasse, madame ?

— Non, comte, vous arrivez au moment où je pars ! C'est malheureux pour moi.

— Restez donc un instant.

— Eh ! que diraient ces dames ? Je ne peux refuser de les accompagner.

— Elles diront que vous avez changé d'idée. Depuis quand vous gêneriez-vous avec vos amis ? Je vais les faire prévenir.

Il sonna. Un valet parut, auquel il donna un ordre.

Le comte de Brimont était un homme de

quarante-cinq ans environ. Vêtu de la
façon la plus correcte, irréprochable dans
sa tenue, prenant un soin particulier de
ses mains, frisé et sentant frais comme un
jeune homme qui va pour la première fois
à un rendez-vous d'amour, le comte ne
marquait pas son âge.

Cet homme n'avait jamais aimé. Ce n'était
pas qu'il manquât de sensibilité, mais il
avait une tendance à l'observation psycho-
logique qui détruisait en lui l'enthousiasme
du premier élan. Il modérait son cœur avec
sa raison. Par la pensée, il enlevait le crâne
de la femme et voyait grouiller, dans les
circonvolutions cérébrales, les hypocrisies,
les coquetteries, les mensonges, les restric-
tions mentales, les trahisons futures, l'enfer
de la vie à deux. Après plusieurs années
de cette dissection morale, il était blasé,
parce qu'il était tombé juste très souvent.

Blasé ! Mais blasé comme un homme
sensé peut l'être et doit l'être à son âge. Il
dédaignait l'amour pour lui ; il le comprenait chez les autres. M. de Brimont aurait
pleuré en entendant raconter une histoire
d'amour malheureux, et les romans le
remuaient. Était-ce regret ou désir ? Regret
sans doute. Au vide de son cœur, il sentait
l'immensité du bonheur perdu.

Néanmoins, il avait conservé avec les
femmes des allures spéciales, et à le voir,
prévenant leurs désirs, soumis à leurs caprices, les lèvres faites aux compliments
délicats, on croyait, dans le monde, qu'il
avait des prétentions, et quelques mé-
chantes langues l'affublaient de cet horrible
qualificatif : le vieux beau !

— Je vois que vous avez quelque chose à
me dire, cher comte, psalmodia Mme Christian avec un large sourire provocateur qui

montra la rangée éblouissante de ses dents.

— Et le plaisir d'être avec vous? Ne suffit-il pas?

— Toujours le même donc? Toujours jeune!

— Quand je vous vois, je sens que je n'ai pas vieilli. Notre bon temps d'autrefois!

— Oh! vous m'aimiez parce que vous pouviez me quitter, au changement de lune... ce que vous avez fait, cher comte, du reste! Mon mariage a passé là-dessus...

— Et vous avez oublié mon abandon...

— J'ai essayé de le justifier; je me suis sentie trop coquette pour vous.

— C'est justement ce qui me séduisait... Rappelez vos souvenirs...

— Ils sont si doux, n'est-ce pas?

Elle parlait avec un désintéressement presque cynique de cette première faute de sa jeunesse.

— Assez, comte, assez, fit-elle en l'interrompant. Je vous disais bien que vous étiez toujours jeune !

— On cesse de l'être quand les soucis commencent.

— Des soucis, vous ! jeta Mme Christian avec un haussement d'épaules charmant.

— Oui, des soucis... de vrais...

— Contez-moi cela.

— Devinez d'où j'arrive, à présent ?

— Pas d'Amérique, assurément.

— Non, de plus près. De chez M. de Lozan.

— Ah !

— Son fils, vous le connaissez ? Vingt-cinq ans, riche, beau cavalier, spirituel, instruit...

— Oui ! Oui ! confirma-t-elle.

— Eh bien ! reprit le comte, son fils m'avait fait demander la main de ma fille.

— Et Lucie a refusé ?

— Précisément.

Mme Christian réfléchit un instant.

— Elle a eu tort, conclut-elle.

— C'est mon avis. Mais que voulez-vous ? Je ne me sens point le droit d'insister auprès d'elle.

— Et vous venez de signifier le refus à M. de Lozan.

— Comme vous dites.

— La corvée est faite, alors.

— Oui, mais il est désagréable de froisser une famille à propos d'un caprice d'enfant. Si Lucie était raisonnable, si elle avait l'idée arrêtée sur quelqu'un, si elle aimait, en un mot ; bien. Mais une enfant ! une véritable enfant, quoi !...

Après un silence, Mme Christian demanda :

— Êtes-vous bien sûr qu'elle n'aime personne ?

— Y pensez-vous?

— Les femmes, voyez-vous ! Est-ce qu'on sait jamais?

— Lucie n'est pas encore une femme. Elle ne va nulle part, ne voit que des amis intimes.

— Les oiseaux commencent à voler sur le bord du nid. Cherchons ensemble.

— Je veux bien.

Et M. de Brimont, après avoir réfléchi, ajouta :

— Commençons par... M. Desroches.

— C'est fini ; vous ne recevez que lui.

— Georges? Allons donc !

Mme Christian poursuivit :

— Toutes les présomptions sont contre lui, ou pour lui, si vous préférez. Il a toutes les qualités capables de captiver Lucie, pourquoi ne l'aimerait-elle pas? Ils se connaissent depuis longtemps ; il voit Lucie

tous les jours, sa sœur est amie de Lucie.
Il est impossible que le nom de Lucie ne
trotte pas dans la cervelle de M. Desroches.
Ce nom est écrit sur chaque page de sa vie
inoccupée, et l'habitude... Est-ce que vous
savez ce que c'est que l'habitude ?

— Hélas ! je l'ai su.

— J'en doute. Vous n'aviez pas le temps
de vous habituer, mais passons. L'habitude,
mon cher, c'est la mère de l'amour. On vit
presque à côté l'un de l'autre, on se connaît
jusque dans les plis les plus profonds de
l'âme et l'on s'aime pour les qualités, qui
plus tard paraîtront des défauts effrayants.
On voit bien que vous n'avez jamais aimé,
comte.

— Décidément, vous êtes une femme
d'expérience.

— Hélas !... Eh bien, faites pour Lucie le
même raisonnement, vous verrez qu'elle

doit avoir la tête pleine de Georges, le cœur épris de Georges!

— Elle est si jeune! Elle me l'aurait confié!

— Naïf! vous disiez tout à votre mère, vous?

— Pour moi, ce n'était pas le même cas.

— Voilà bien les parents qui se figurent toujours que l'humanité change et qui croient leurs enfants incapables d'avoir les grands sentiments dont ils se faisaient gloire où les petits défauts dont ils rougissaient. Mais les enfants, ça ressemble à la décalcomanie, cher comte. Il est heureux pour vous que votre fille ne soit pas un garçon.

— Il est heureux que vous n'ayez pas eu de filles, riposta le comte, piqué.

— Pourquoi cela, s'il vous plaît!

— Elles auraient fait de bonnes théoriciennes, dit-il en corrigeant son insolence.

Il ajouta, changeant de ton :

— Voulez-vous me rendre un service ? Interrogez Lucie adroitement.

— J'y consens... Maintenant laissez-moi partir. Je ne voudrais pas qu'elle me trouvât en conférence avec vous. Elle se douterait de quelque chose.

— Non, demeurez. Je vous invite à dîner.

— Que dira la comtesse si elle me retrouve ici ?

— Je lui confierai le motif pour lequel je vous ai retenue.

— Cher comte, vous faites de moi tout ce que que vous voulez. Je reste.

Mme Christian s'assit, prit un livre sur la table et M. de Brimont déplia son journal.

Tout à coup, étonnés, ils virent entrer la comtesse accompagnée de Lucie.

Mme de Brimont jeta sur mon mari et sur

Mme Christian un regard scrutateur ; mais sa physionomie, un instant contractée, reprit aussitôt une impassibilité de bon goût.

— Vous n'êtes donc pas sortie ? demanda Mme Christian en se levant.

— Nous sommes de retour, répondit la comtesse.

— Que s'est-il passé ? interrogea le comte.

— Comme nous sortions du parc... nous voyons un nuage de poussière sur la grand' route et nous entendons le galop d'un cheval. C'est Armand ! s'écrie M. Georges... en effet, c'était M. Armand Roussel. Son cheval s'était emporté. Au moment où la bête allait se briser la tête contre une charrette, M Desroches saute sur la route et se plante devant. Le cheval tourne court, butte, s'agenouille et désarçonne le cavalier.

— Blessé? demanda le comte.

— Une légère contusion au bras gauche. Ce ne sera rien. Vous comprenez que M. Georges n'a pas voulu abandonner son ami après cette chute ; Lydia a désiré demeurer avec son frère ; nous avons accompagné M. Roussel chez eux, et nous voici de retour.

Lucie se regardait dans la glace, arrangeait ses cheveux, ordonnait les plis de sa robe et, avec une petite moue très contrariée, répétait :

— Encore une promenade manquée !

— Madame dîne avec nous, dit le comte à sa femme en montrant Christian.

— Êtes-vous aimable, madame ! jeta la comtesse avec un effort presque visible. Comment avez-vous fait pour accepter !

Alors, M. de Brimont prit le bras de la comtesse et, l'entraînant hors du salon :

— Je vais te le dire. Viens. C'est un secret.

Et, en sortant, le comte fit à Mme Christian un signe pour lui indiquer qu'il la laissait seule avec Lucie.

Mme Christian répondit par un petit cli-
gnement d'yeux qui signifiait :

— J'ai compris !

VI

Lucie, devant la glace, donnait un tour de
main à sa coiffure. Un léger souffle venait
du jardin et faisait frémir les jalousies.
Quelques fleurs capiteuses embaumaient
les meubles. Le jour baissait. A travers les
lattes vertes, un soleil oblique passait et
faisait luire les cadres des tableaux.

Mme Christian s'était assise sur un canapé et, considérant de loin la gentillesse
mutine et naïve de Lucie, pensait :

— La partie est gagnée à l'avance, contre cette enfant !

Et, comme elle cherchait l'occasion de commencer le jeu, ce fut précisément Lucie elle-même qui la lui offrit.

— Madame Christian !

— Mignonne !

—Lydia... la sœur de M. Desroches... la jeune fille que vous avez vue là, tout à l'heure...

— Eh bien ?

— Il faut dire qu'elle est bien plus âgée que moi. Elle a vingt-quatre ans. Près de cinq ans de plus, c'est énorme, pour une femme, n'est-ce pas ?

— Enorme.

— Nous causions tout simplement, sans faire de personnalités, et je lui demandais pourquoi une jeune fille ne peut pas dire à un jeune homme qu'elle l'aime.

— Qu'a répondu Mlle Lydia ?

— Des bêtises. Elle m'a parlé de retenue,
de prudence, de pudeur naturelle à la
femme : je n'y ai rien compris. Quand j'ai-
merai, il me semble que mon cœur dé-
bordera d'amour et que l'aveu me montera
tout de suite aux lèvres. Il n'y a pas de mal
à être franche. Quant à la pudeur, je ne
vois pas ce qu'elle vient faire ici.

— Mlle Lydia avait raison, répondit la
veuve.

Lucie resta stupéfaite.

Elle avait cru parler à une complice in-
dulgente de ses idées qu'elle sentait bien
un peu osées, et voilà que cette Mme Christian elle-même les désapprouvait.

C'était donc bien mal ce qu'elle croyait si
naturel ?

— Bon ! vous aussi ! dit-elle.

— Il y a un cas, fit observer la veuve,

dans lequel une jeune fille peut avouer son
amour.

— Lequel ? interrogea vivement Lucie.

— Lorsqu'elle est sûre d'être aimée.

— Ah ! c'est bien, ce que vous dites là,
très bien.

— Et épousée, ajouta Mme Christian.

Lucie hésita un instant.

— Tôt ou tard ? demanda-t-elle.

Elle attendait la réponse, inquiète.

— Il ne faut pas que le mariage soit dou-
teux. Il faut que les parents l'aient approuvé.
Il faut...

— Encore ! s'écria Lucie en l'interrompant. Vous êtes un vrai catéchisme de per-
sévérance.

— Comme j'aurais dû suivre tous les
préceptes que je lui donne, pensait Mme
Christian.

Lucie revint à la charge.

— Et si l'on n'a pas de parents, comme Lydia, par exemple ? Elle n'a que son frère, ma pauvre Lydia ! Il faut qu'elle attende le jour du mariage pour dire : « Je vous aime ! »

— Oui, mon enfant, affirma la veuve avec gravité.

Alors Lucie s'approcha en minaudant, s'assit à côté d'elle sur le canapé et lança cette phrase habile pour amener Mme Christian à ses vues :

— Vous êtes pourtant bien jeune ! Et vous croyez des choses comme celles-là ?

— Vous êtes adorable, conclut son adversaire en lui prenant les mains et en la regardant en face avec tendresse.

Lucie crut qu'elle la gagnait à ses idées et reprit avec une mine triomphante de petite fille qui se donne raison :

— On n'est pas bien criminelle pour avoir dit à quelqu'un qu'on l'aimait.

Au lieu de répondre, Mme Christian continua son regard scrutateur et après un silence, d'un ton absolument affirmatif laissa échapper cette phrase :

— Pourquoi le lui avez-vous dit ?

— Moi ? A qui ? demanda la pauvre enfant, effarée et rougissante.

— A mon-sieur Geor-ges-Des-ro-ches, répondit la veuve en scandant les mots sur une intonation uniforme et en soulignant d'un sourire le nom qu'elle prononçait.

— Je n'ai rien dit à personne.

— Pourquoi me cacher une chose que je sais ?

— Mais...

— Je vous ai devinée. Il est digne de vous, chère petite !

— N'est-ce pas ! s'écria Lucie, se livrant tout entière, entraînée par cette vanité des femmes qui toutes veulent être aimées d'un homme meilleur que tous les autres.

— Il est bon, il vous aime, vous l'aimez, insista Mme Christian en pressant toujours les mains de Lucie entre les siennes.

— Mais comment savez-vous tout cela?

— Etes-vous naïve? Est-ce que ça ne se voit pas? Tenez, je n'aurais rien su par les on-dit, que tout à l'heure, pendant qu'il était là, votre maintien, vos regards, tout votre être ému parlait de lui et trahissait votre secret.

— Oh! moi qui me croyais rusée!

— Pourquoi n'avez-vous rien confié à votre mère?

— Il me l'a défendu.

— Ah! Et le motif?

— Vous voulez le connaître? Et Vous ne raconterez rien à personne?

— Oh! Lucie!

La jeune fille se recueillit, puis hâtivement, avec un babil coquet et des soupirs essoufflés, après chaque partie du secret, elle commença :

— Voici : Georges a une sœur qu'il adore et dont il est le seul protecteur. Il craint qu'en se mariant il ne soit obligé de la délaisser un peu, et il veut attendre, pour me demander à mon père, que Lydia soit mariée.

— Mais si votre amie ne se mariait pas, objecta Mme Christian, vous pourriez attendre longtemps.

— Oui, Georges est attristé à cette pensée ; pas moi. Voici pourquoi :

Il croit que Lydia n'aime personne et n'ose pas faire sa demande, car mon père serait effrayé d'une si longue attente et nous défendrait peut-être de nous voir. Vous comprenez ?

— Bien, bien,

— Je sais que Lydia aime quelqu'un.
J'espère donc que Georges et moi n'aurons
pas longtemps à souffrir.

— Qui donc est aimé par votre amie ?

— Ça, ce n'est plus mon secret.

— Vous avez raison et maintenant, est-ce
que vous me blâmez encore ?

— Non, mon enfant, non.

La jeune fille entoura de son bras le cou
de sa confidente, et déposa un baiser reten-
tissant sur sa joue :

— Merci, vous êtes une bonne amie,
vous !

Un valet parut :

— Madame et mademoiselle sont servies.

Toutes les deux se levèrent.

— Allons, venez, venez vite, dit Lucie.

Et sautillante, elle sortit en courant, le
cœur rempli d'une joie inexpliquée pour
elle, vaguement satisfaite d'avoir à l'actif

de son amour une approbation qui la for-
tifiait dans son dessein d'attendre et de tout
braver.

Mme Christian, restée seule, demeura un
moment immobile, le regard fixe, debout,
les lèvres plissées, les sourcils froncés.

Tout à coup, ses yeux prirent une expression de résignation douce, et, sur son visage redevenu placide, elle eut comme un
reflet de la bonté de son cœur.

— Puisqu'ils s'aiment! Ils se marieront,
murmura-t-elle.

Elle réfléchissait encore.

Peu à peu, une nouvelle évolution de
sentiments se peignit sur cette physionomie
mobile, les traits se contractèrent, les yeux
furent envahis par une flamme sombre;
elle devint très pâle, comme si tout son sang
avait subitement afflué vers le cœur. Elle
eut un geste énergique, un geste théâtral,

quoiqu'elle fût seule, et, emportée par la violence de sa pensée, elle laissa passer cette menace entre ses dents serrées :

— Non! Ils ne se marieront pas.

DEUXIÈME PARTIE

I

Pendant que la famille de Brimont est à table, avec Mme Christian invitée, les laquais dans le salon allument les candélabres et, comme la soirée est chaude, ils ouvrent toutes grandes les portes à double battant d'entrée, qui démasquent une délicieuse terrasse exposée au soleil couchant.

Le coup d'œil est féerique.

Une grande allée de peupliers, au lieu de
diminuer sa largeur selon le phénomène
habituel de la perspective, s'évase, et les
deux rangées d'arbres, dans le lointain,
deviennent circulaires, bordant de vastes
prairies vertes.

Une forêt de pins, criblée de rayons attiédis, se balance sous le vent, et laisse apercevoir à travers ses branches remuées le
globe sanglant du soleil, à droite : — tandis
que sur la gauche, revenant de gras pâtu-
rages, les bœufs à clochettes mélancoliques
jalonnent de leur tache rousse l'herbe où
s'étend la vapeur grise du crépuscule.

Cette heure est troublante. Il y a du silence et de l'attente dans l'atmosphère. Les
bergers rentrent d'un pas large et lent, en
sifflant des légendes.

Le salon, vu du dehors, doit ressembler,
plein de fleurs, à une chapelle ardente ; et

le bruit des assiettes choquées dans l'office traverse la solennité des meubles qui chatoient sous les bougies.

« Si vous croyez que je vais dire... »

C'est Lucie qui sort de table et qui entre. Déjà, elle est au piano.

Qui j'ose aimer.

La voix qui lui répond et qui continue la « Chanson de Fortunio » est la voix de Mme Christian.

La veuve aussi vient d'entrer.

— Vous me suivez ? Je n'ai plus de confidences à vous faire, dit Lucie en se retournant.

— Vous allez me faire croire le contraire.

— Non, non, non. Dansons si vous le voulez !

— Sans cavaliers ? Quelle gaieté !

— Après dîner, je suis toujours ainsi ; j'ai mes nerfs.

— Il faut les calmer.

— C'est ce que je fais.

Et la jeune fille, bondissant de nouveau vers le piano, se mit à taper avec rage :

> Et je puis, s'il lui faut ma vie,
> La lui donner.

Puis, ne pouvant tenir en place, Lucie se leva, s'approcha de la veuve et, d'un air d'indifférence jouée :

— Je ne l'aime pas beaucoup, allez !

— Qui ? Quoi ? La romance ?

— Non, lui.

— Oh ! trop tard, ma petite. Vous l'adorez, voilà la vérité.

— Soit ! mais n'en parlez pas, au moins.

Et, s'appuyant avec une chatterie nerveuse

sur l'épaule de la veuve, Lucie ajouta d'un ton passionné :

— Oh ! s'il avait la bonne idée de venir ce soir.

— M. Armand, son ami blessé, l'en empêchera. Vous comprenez qu'il se doit aussi à ses amis.

En ce moment, M. de Brimont entrait.

Lucie se précipita vers lui, exubérante, emportée par la folie de ses vingt ans.

— Voilà papa, veux-tu danser, papa ?

— Tu es enfant, répondit le comte en riant. Et ma dignité de papa ? Qu'en fais-tu ?

— Elle a le diable dans le corps, observa Mme Christian, intervenant.

— Vous l'avez dans l'âme, vous ! s'écria Lucie. Allez trouver M. le curé.

Folâtre, elle sortit du salon, s'échappa dans le crépuscule du jardin.

— Eh bien ? interrogea le comte, resté
seul avec son ancienne maîtresse...

Mme Christian avait réfléchi pendant le
repas. Elle mentit.

— C'est une enfant ! Elle n'aime personne.

— Je vous l'avais bien dit !

— Elle aime un idéal !... M. de Losan
n'était pas son idéal : voilà tout.

— Elle est comme toutes les petites filles.

— Oui. Seulement, je crois qu'elle me ca-
che quelque chose, affirma la veuve.

— Des bagatelles ! Certainement, elle a
dû remarquer que parmi les jeunes gens,
les uns sont moins laids que les autres ; elle a
pu retourner la tête au sermon pour jeter un
regard sur quelqu'un dont les bottes avaient
trop crié sous la nef ; mais, c'est tout, c'est
tout. En somme, elle est très naïve. Je me
rappelle qu'à son âge... ajouta-t-il en dési-
gnant malicieusement son interlocutrice.

— Vous y revenez toujours ! Je n'étais rusée que pour vous.

— Si j'y reviens, c'est que le souvenir du
bonheur en vaut l'espérance.

— C'est à moi que vous racontez cela ?
Vous devez donc être bien heureux, car ce
ne sont pas les souvenirs qui vous man-
quent !

— Les plus doux surnagent...

— Sur l'Océan des autres.

— Océan ! Océan. Pas tant que cela,
voyons ! Depuis mon mariage, ne vous suis-
je pas resté fidèle ? Moralement, ça va sans
dire.

— Depuis, vous êtes très rangé... Mais
avant ?

— Et vous, après ! laissa échapper le comte
par mégarde.

— Je me suis mariée aussi... naturelle-
ment.

— C'est ce que je voulais dire...

— Et depuis la mort de mon mari, il me semble...

— Ah ! il ne fait que vous sembler ?

— Vous allez être insolent, cher comte.

— Je plaisante, reprit M. de Brimont. Est-ce que, si votre conduite n'est pas irréprochable, vous auriez continué à venir me voir, ici, dans la maison de ma femme, de ma fille ? Je vous connais trop de conscience.

Elle l'interrompit :

— C'est déjà très joli que vous ayez donné à votre ancienne maîtresse le droit d'y venir, n'est-ce pas !

— Vous vous dites des amabilités toute seule ; je n'y ai aucune part.

— Elles vous brûlent les lèvres souvent.

— Voyons, madame, moins d'aigreur et restons amis.

— Non. Je vous gêne, cela se conçoit. Si votre femme allait devenir jalouse ! Une veuve, c'est toujours compromettant chez soi. Ne nous voyons plus. Seulement, comme j'ai l'intention de me marier...

— Ah !

— Cela vous étonne ?

— Vrai ! Pas du tout.

— Vous allez me rendre ma photographie.

— Pourquoi ?

— C'est la vingtième fois que je vous la demande.

— La bonne raison ! C'est le dernier lien, le dernier souvenir matériel, et vous voulez me le reprendre ? J'y tiens.

— Dieu, que les hommes sont fats ! Voulez-vous que je vous explique pourquoi vous y tenez ? Par manie de collectionneur. Vous en gardez dix autres dans le même paquet

que la mienne. Ah ! pauvres femmes ! si
elles savaient... Vos anciennes amours sont
numérotées, casées, étiquetées, et la même
boîte contient les vestiges fanés de vos diffé-
rentes passions, et, ce qui est honteux, c'est
que ces épaves, ces images, ces lettres, ces
fleurs flétries ne vous rappellent, que pour
vous en faire sourire, la passagère durée de
vos serments d'amour éternel.

— Que faites-vous de mes lettres, vous ?
interrogea le comte avec un sourire blasé.

— Je les relis pour constater votre faus-
seté d'âme.

— Ne soyez pas tragique. Vous voulez
votre photographie par crainte qu'elle
tombe aux mains de ma femme. Je vous
redemande mes lettres pour que votre futur
mari, quel qu'il soit, ne les découvre pas.
Échange pour échange, c'est convenu ?

— Soit !

— Et nous restons amis.

— Comme devant. Vous aurez vos lettres demain.

— Et vous, votre portrait dans un instant.

C'était la première fois qu'une altercation, même légère, s'élevait entre M. de Brimont et Mme Christian, depuis qu'ils s'étaient de nouveau rencontrés dans la vie.

Le comte avait absolument oublié cette passion de sa jeunesse, lorsque la veuve vint habiter une maison de campagne voisine.

Le comte était bon. Il ne trouva rien de suspect dans la conduite de son ancienne maîtresse. Il était marié. Elle, de son côté, avait épousé M. Christian, un capitaine de frégate, mort depuis, dans une traversée.

Le comte, délivré maintenant de sa fougue

de jeunesse, quoique le bruit du contraire
fût répandu parmi ses amis, le comte,
sûr de lui-même, répondit aux aimables
sourires de la veuve par une invitation à
dîner.

Il inventa un prétexte pour faire admettre
par la comtesse la nouvelle venue dans la
maison ; il avait beaucoup connu le mari
de Mme Christian, avait-il dit. Des relations s'établirent et, depuis un an déjà,
Mme Christian avait dîné au moins cin-
quante fois dans la villa Brimont.

La conduite du comte avait été d'une
certaine habileté mondaine. S'éloigner
d'une femme qu'on a possédée, lorsque
le hasard de la vie la jette de nouveau sur
votre route, c'est à coup sûr se faire une
ennemie implacable ; au contraire, se
lier d'amitié avec elle, en étendant sur le
passé le voile des convenances, c'est rester

à ses yeux un homme de tact et de cœur.

Il y avait trois mois au moins que Mme Christian n'avait paru dans la famille Brimont. Cela tenait à ce que sa liaison clandestine avec Georges Desroches avait été brusquement rompue.

Or, elle savait que Georges allait souvent dans la famille de son premier amant et désirait ne pas l'y rencontrer.

Fait bizarre, Mme Christian n'avait eu l'occasion de voir ni Georges ni Lydia, malgré la fréquence de la visite des deux jeunes gens. De son côté, Georges, pour des motifs très faciles à comprendre, ne parlait jamais de la veuve devant les hôtes de la villa.

Pour la comtesse, ils ne se connaissaient pas.

Après sa nouvelle déception d'amour, Mme Christian devint acariâtre et méchanté. Elle s'enferma, méditant une vengeance, puis reparut dans le salon de M, de Brimont.

Dans la même journée, elle venait d'avoir une scène avec Georges, une autre avec le comte. Toutes les deux s'étaient terminées amicalement.

La chatte faisait patte de velours, rentrait ses griffes.

Mme Christian, après la sortie du comte, prit un journal, par maintien, et parla toute seule :

« J'ai beau chercher le moyen d'empêcher ce mariage, je n'ai aucune idée. Avertir la comtesse et le comte serait de mauvaise guerre et n'aboutirait à rien. Lucie est assez entêtée. Il suffirait que ses parents s'opposassent à cette union pour qu'elle la désirât davantage, et dans ce siècle le rôle des enfants est de commander. D'ailleurs, j'ai le temps de réfléchir... puisqu'ils ne doivent se marier qu'après le mariage de Mlle Lydia. »

Ici, la veuve fit subitement une trouvaille.

« Mais, j'y songe. Le plus sûr serait de commencer par entraver le mariage de Lydia elle-même. En effet, c'est cela... maintenant, il s'agit de savoir quel est l'homme qu'aime cette jeune fille... Ce M. Armand Roussel, peut-être. Toujours le même système... Il est ami intime de son frère..., elle ne voit que lui... Je crois que je suis sur la voie. »

— Comment! on vous laisse seule? dit la comtesse, qui entrait.

— Je me retire, je suis très lasse.

— Qu'iriez-vous faire chez vous ? La soirée sera gaie. Restez. Vous ferez la connaissance de M. Roussel. Il est là.

6

M. Georges Desroches le présente. Restez
donc. Vous me ferez plaisir.

— J'aurais mauvaise grâce à refuser.

— D'ailleurs tout le monde arrive ; vous
êtes assiégée. Rendez-vous !

II

Armand Roussel, Georges Desroches, sa
sœur Lydia entrèrent dans le salon.

Mme Christian et M. Roussel, présentés
l'un à l'autre par la comtesse, s'inclinèrent
et d'un coup d'œil rapide s'examinèrent et
se jugèrent.

Armand plut à la veuve.

La veuve déplut à Armand.

— Votre chute d'aujourd'hui a été
peu dangereuse, monsieur ? commença
Mme Christian.

Armand, avec une douce assurance dans la voix, répliqua par une longue phrase assez banalement complimenteuse.

— J'aurais été désolé si ma chute eût été plus dangereuse, puisque j'aurais été mis dans l'impossibilité de faire aujourd'hui votre connaissance, madame.

Mme Christian s'inclina de nouveau, remercia d'un sourire et rejoignit la comtesse, pendant que, près d'une fenêtre ouverte, Armand et Georges se tenaient debout, avec l'intention évidente de causer.

— Et tu as eu le courage d'abandonner cette femme-là, toi? demandait Armand.

— Qu'est-ce que tu lui trouves donc?

— Ah! Je vois que vous êtes fâchés.

— Nous sommes les meilleurs amis du monde, de loin.

— Tu crois qu'elle ne t'en veut pas?

— Elle! Allons donc!

— Prends garde ! La vengeance est le plaisir des déesses aussi.

— Ne la regarde donc pas tant. L'amour entre par les yeux, dit Georges, en prenant le bras de son ami.

— Je suis cuirassé, répondit Armand ; j'aime quelqu'un.

— Pour de bon ?

— Pour me marier.

— Qui ?

— Je te le dirai demain.

Georges eut un froncement de sourcils.

Une de ses illusions semblait lui échapper. Il aimait tant Armand qu'il aurait désiré que Lydia devînt la femme de son ami. Pour faire le bonheur de sa sœur, il avait rêvé cet homme. Voilà maintenant qu'il entrevoyait la possibilité qu'Armand aimât une autre femme que Lydia. Ce n'était pas qu'il eût saisi entre elle et lui d'autres

indices que des rapports de convenance
et d'affection amicale mais, sans se rendre
compte, il s'était persuadé que le lien
d'amitié devait se doubler d'un lien de pa-
renté.

Armand Roussel avait trente ans. Il était
riche. D'une nature ardente, d'un caractère logique et ferme, maîtrisant ses nerfs
et ses passions, juste dans ses apprécia-
tions, un peu sceptique, quoique souvent
enthousiaste, il avait l'esprit observateur
et le sens très droit.

Ses heures nombreuses de loisir, il les
employait à l'étude, et même durant ses
plaisirs dans le monde étriqué, momifié
de la province, il recueillait une somme
d'observations qui étaient de puissantes
études psychologiques.

C'était un brun blême à la barbe correc-
tement soignée, aux cheveux courts, au

front fuyant, aux yeux très noirs. Son
regard était d'une douceur féminine très
passionnante. Sa taille haute, sans exagé-
ration ; sa démarche noble et posée, ni trop
vive ni trop lente. Il n'avait qu'un défaut :
il connaissait sa force d'âme et son influence sur les femmes; mais il employait
bien cette influence, se moquant finement
des coquettes, très respectueux et très
effacé devant les âmes tendres, dont il se
sentait le maître.

Mme Christian, quittant subitement la
comtesse, s'avança vers les deux amis et
s'adressant à M. Roussel :

— Je donne une soirée samedi. Serez-
vous assez bon pour me faire le plaisir d'y
assister, monsieur? Je fais la même invitation à M. Desroches.

Les deux jeunes gens ne s'étaient pas
concertés.

Armand accepta pour Georges et répondit :

— Vous pouvez compter sur nous, madame.

Puis elle les quitta.

— Elle m'ennuie, avec son invitation, fit Georges : voilà de l'audace !

— Une excuse est vite trouvée !

La veuve rejoignit M. de Brimont dans l'embrasure d'une fenêtre, pendant que Mme de Brimont ordonnait qu'on dressât des tables de jeux ; car il faisait vraiment trop chaud pour danser.

Le comte alors tira de sa redingote la photographie réclamée tout à l'heure.

— Voici, madame, dit-il, dans l'embrasure à peine éclairée.

— Prenez garde ! la comtesse est là.

— Elle a confiance.

— Elle ne vous connaît pas.

— Méchante !

— Donnez.

Mme Christian saisit l'objet offert par le comte.

— Voilà dix-huit ans passés et vous lui ressemblez encore, reprit M. de Brimont.

— Flatteur ! Vous êtes toujours le même que dans vos lettres.

— A propos, quand me les rendez-vous ?

— Venez les chercher chez moi.

— Comte, je suis prête et je vous attends, cria une voix.

C'était Mme de Brimont qui, assise à une table de jeu, appelait son mari.

— A demain donc, fit le comte ; et, se retournant, il quitta la veuve pour rejoindre sa femme.

Sur la terrasse, en dehors du salon, Georges, ayant Lucie à son bras, se promenait de long en large, rencontré par l'autre

couple que formaient Armand et Lydia,
tous deux très sérieux d'apparence, un peu
pâles, presque émus.

Mme Christian observait tout le monde.
Bientôt, quittant Lydia, Armand vint vers
elle.

— Figurez-vous que nous parlions de
modes avec la sœur de votre ami. Quelle est
la dernière ? Personne ne doit être mieux
renseigné que vous, madame, ajouta-t-il,
en jetant sur la toilette de la veuve un
regard d'admiration.

— Corsage de velours avec plastron à la
hussarde.

— Décidément, c'est de l'usurpation.
Que diriez-vous si les hommes s'habillaient
en cantinières ?

Leur conversation continua, plaisante et
futile ; la veuve laissait parfois éclater un
petit rire perlé, et renversait la tête sur le

dossier du fauteuil, la figure cachée par son éventail.

— Oh! cette femme, murmura Lydia, accoudée au piano avec un mouvement de dépit qui fut visible pour Mme Christian.

Ce mouvement fut un indice.

— La veuve, en regardant la jeune fille, proposa tout haut à M. Roussel de faire un tour de promenade sur la terrasse.

Armand accepta.

Alors Lydia pâlit en les voyant s'éloigner.

— Qu'as-tu, Lydia? demanda tout bas Lucie en fouillant dans le casier à musique comme pour y choisir une partition.

— Rien, répondit la sœur de Georges, d'une voix tremblante.

Mme Christian, en sortant, s'était retournée et d'un coup d'œil, étudiant l'attitude et le regard de Lydia, avait compris.

— Décidément, c'est M. Armand qu'elle aime, conclut-elle mentalement.

— Comme tu es triste, remarqua Lucie.

— Mais non, mais non, répétait Lydia.

Avec sa franchise habituelle, Lucie leva les yeux vers son amie, et, brusquement lança :

— Tu es jalouse de Mme Christian !

Lydia fit un effort et non moins franche, répondit :

— Eh bien ! oui.

— Enfant !... C'est drôle, c'est moi qui t'appelle enfant.

— Je te laisse, Lucie.

— Où vas-tu ?

— Par là... me promener.

Et, d'un pas nerveux, elle quitta le salon et disparut par le côté de la terrasse où Mme Christian avait entraîné Armand Roussel.

Georges, alors, s'approcha de Mlle de Brimont :

— Où va Lydia ?

— Prendre le frais.

— Elle avait l'air préoccupé.

— Non. Je crois qu'elle a voulu nous laisser un instant ensemble.

— Elle est si bonne !

— Oui, mais nous ne sommes pas seuls. Soyons prudents, Georges.

— Ce soir, soyez à la même heure, au fond du jardin, sur notre banc. Là, nous serons libres. Il fait le plus beau temps que puissent souhaiter des amoureux.

— J'y serai, mais c'est mal ce que vous me faites faire là.

— En quoi est-ce mal ?

— Je ne sais pas... murmura la jeune fille.

— Mon respect n'est-il pas égal à mon adoration ?

— Tous ces mots résonnent si saintement, qu'ils me font rougir.

— Oh ! Lucie, je vous aime tant, que je meurs d'aimer, dit Georges dans un élan subit qu'il maîtrisa aussitôt.

Puis souriant, il ajouta :

— Allez-vous en vite, ou je suis capable de tomber à genoux devant vous en présence de votre mère.

Lucie mit un doigt sur ses lèvres et ouvrit largement ses paupières, d'un air qui signifiait :

— Vous êtes fou !

Et, prestement, elle se déroba, pendant que Georges revenait à la table du jeu.

— Cette fois, c'est mon tour, disait la comtesse. Trois et deux font cinq.

— Manche à manche ; je suis las, répondit M. de Brimont. Et ton amie, Lucie, où est-elle ?

— Je vais la chercher, père.

Elle sortit. En ce moment, apparaissant sur le seuil du salon, Armand Roussel jeta cette phrase :

— Mme Christian demande qu'on joue aux petits jeux innocents.

— J'en suis, déclara M. de Brimont.

— Moi aussi, ajouta sa femme.

— Nous tous, tant mieux, cela décidera les jeunes filles. Tout le monde est installé sous le grand chêne à la lueur d'une lanterne vénitienne. C'est d'un pittoresque achevé. Mais il s'agit de savoir si ta sœur voudra jouer, Georges.

— Pourquoi donc ?

— Elle est triste ce soir.

— Nous allons la décider, nous.

Et sur ces mots, M. et Mme Brimont sortirent.

Georges était devenu rêveur.

III

— Eh bien, Georges, à quoi songes-tu?

Et Armand prit la main de son ami.

— A ces moments de tristesse et de bou-
derie qui ternissent si souvent le caractère
de ma sœur.

— En connais-tu la cause?

— Je la cherche.

— Elle sait que tu aimes Lucie?

— Oui.

— Qui te dit qu'elle n'est pas triste pour
ce motif?

— Et en l'admettant, qu'y puis-je ?

— Elle te chérit. Le poids de ton sacrifice ne l'étoufferait plus si tu te mariais.

Georges regarda fixement Armand. Sa voix prit un ton grave qui n'admettait pas de réplique

— Tu sais mon opinion à ce sujet. Lydia d'abord, Lydia avant tout. Je lui tiens lieu de père et de mère, et je n'ai pas le droit de spéculer sur sa bonté pour abandonner mon devoir.

— Allons, tu es toujours digne et toujours grand, répondit Armand. Je n'attendrai pas jusqu'à demain pour te confier ce que j'avais à te dire : je te demande la main de Lydia !

Georges resta stupéfait, recula d'un pas pour mieux considérer le visage d'Armand.

— Ne t'ai-je pas avoué tout à l'heure que j'aimais ?

— Et c'est elle que tu aimes ?

— Oui.

Georges était tellement heureux qu'il ne put s'empêcher d'exprimer une crainte ridicule :

— Tu me jures que ce n'est pas un sacrifice que tu fais à notre amitié, Armand ?

— Mais non, puisque je l'aime.

— C'est que, vois-tu, je voudrais la savoir heureuse. Si tu ne l'aimes pas, avoue-le-moi.

— Tu es un imbécile, riposta Armand.

— Merci ! dit Georges avec effusion.

Ils avaient de vraies larmes.

Tout leur promettait un bonheur prochain, qui, semblait-il, ne dépendait plus que de leur volonté.

— Ne parlons plus de cette joie, reprit Armand, il faut la savourer en silence.

L'aveu que je t'ai fait me brûlait la gorge
depuis six mois et je le renvoyais de jour en
jour. Lydia m'aimera. je le crois. J'aurai le
double bonheur d'avoir enchanté par mon
amour, et ma vie, et la tienne. Tais-toi, ne
me remercie pas. Parlons d'autre chose ; de
ton ancienne maîtresse, si tu veux... Au
moment de se marier, on trouve ces souvenirs très drôles. Dis donc, cette Mme Christian causait bien intimement avec le comte
tout à l'heure :

— On dit qu'autrefois — ni elle ni lui
n'étaient encore mariés, — le comte ne la
dédaignait pas.

— Elle est donc bien mauvaise, cette
femme ! conclut Armand Roussel.

— Je ne veux pas médire d'elle, mais, à
toi, je puis bien confier que le tempérament
de M. de Brimont était fort en harmonie
avec celui de Mme Christian. Deux exubé-

rants ! Le comte serait fort embarrassé de se rappeler les noms de ses anciennes maîtresses. La comtesse a jeté un voile sur le passé. Elle a bien fait. Elle aurait souffert toute sa vie, parce que toute sa vie elle aurait découvert quelque nouvel épisode de la jeunesse de son mari.

— Aussi coureur que cela ?

— Et aussi couru.

— Aujourd'hui, remarqua Armand, ils ont l'air parfaitement unis.

— Chez lui, la raison, la dignité, la peur du ridicule dominent la passion. L'âge a aussi un peu calmé la fougue. Cependant, il ne faudrait pas souffler sur ce feu mal éteint, et mon avis le plus franc, quoique j'aie confiance en l'honnêteté de M. de Brimont, c'est qu'on aurait tort de lui confier absolument la garde d'une jeune fille.

Armand poussa une exclamation d'incrédulité.

— Tu dois exagérer, Georges; y penses-tu?

— J'exagère, je le veux bien. Cependant que d'hommes sont ainsi ! Honnêtes jusqu'à l'occasion de ne l'être plus ; ils se figurent que blesser la pudeur d'une jeune fille n'est pas un crime, raisonnement faux qui se résume en deux mots : Elle l'a bien voulu ! Songe, mon ami, que l'on caractérise ainsi l'égoïsme et la vanité qui sont le fond du cœur de l'homme. Cette phrase vient aux lèvres parce qu'elle a l'apparence d'une justification, et l'on ne pense pas que la part de la responsabilité est plus grande pour celui qui provoque la faute que pour celle qui la commet.

Les aperçus philosophiques de M. Desroches furent interrompus par l'entrée inopportune de la veuve.

— Messieurs, vous n'êtes pas galants. Tout notre enthousiasme a disparu. Personne ne veut plus jouer sans vous. Je pars.

Elle alla prendre sa mantille sur le dos d'un fauteuil et continua :

— Mlle Lydia est en grande conférence secrète avec le comte : Mlle Lucie bâille devant sa mère qui considère les astres. On ne dit pas un mot, et chacun attend que la gaieté déride son voisin. Je pars décidément. D'ailleurs, je suis lasse.

Armand s'avança très gracieux.

— Une fois vous partie, madame, la mélancolie va se changer en tristesse. Permettez-vous que je vous accompagne jusqu'à votre voiture ?

— Avec plaisir.

— A la condition d'allonger en passant par la grande allée du parc ?

— Soit ! Vous êtes vraiment aimable ! —
Au revoir, monsieur Desroches.

— Au revoir, madame, répondit froidement le fiancé de Lucie.

Et, comme il regardait son ancienne maîtresse s'appuyer avec des mouvements de
chatte sur le bras de son ami, le jeune homme
murmura :

— Il n'y a pas d'apparence du plus petit
dépit. Au fond, c'est une femme charmante.

— A quoi réfléchissez-vous ? s'écria Lucie,
qui entrait par une porte latérale. Venez-
vous promener avec nous ? Vous vous trouvez donc bien tout seul ?

Tous deux sortirent pour aller rejoindre,
sous le grand chêne, la réunion qu'ils trou-
vèrent dispersée.

Les petits jeux n'avaient pas eu grand
succès.

La comtesse était restée seule.

— Où est Lydia? lui demanda Lucie.

— Elle se promène avec ton père.

En effet, M. de Brimont et Mlle Desroches avaient fait un tour d'allée et étaient revenus au salon, qu'ils avaient trouvé vide et silencieux.

Lydia, appuyée au bras du comte, très languissamment, écoutait les paroles paternelles qu'il faisait tomber de ses lèvres avec une onction attendrie.

— C'est de l'irréflexion, ma chère enfant, presque de la folie. Est-il possible que M. Roussel ait la moindre idée d'amour pour Mme Christian? Ils ne se connaissent pas. Il y a une heure, ils ne s'étaient jamais vus!

Lydia reprenait :

— Il l'accompagne jusqu'à sa voiture; il n'a d'yeux que pour elle. Il l'a admirée

tout le temps, ce soir, tandis qu'il me dé-
laissait.

— Oh ! jeunes filles amoureuses! Êtes-
vous exclusives! il faudrait cependant rai-
sonner; sous peine de blesser les convenances, M. Roussel ne peut pas vous faire
remarquer par ses assiduités.

Mais Lydia, révoltée, laissait éclater sa
contrariété, sa haine commençante :

— Qu'est-ce donc que cette Mme Christian? N'est-elle pas une femme aussi? Les
veuves ont des privilèges, il paraît ! Pourquoi lui est-il permis d'être coquette? Pourquoi un homme passe-t-il pour être galant
quand il lui débite des compliments fades,
tandis que s'il me les disait, à moi, jeune
fille, le monde taxerait son amabilité d'im-
pertinence.

— C'est qu'il y a femme et femme, insinua
le comte un peu embarrassé.

— Il n'y a pas deux façons d'être honnête, affirma la jeune fille.

— Je veux dire que Mme Christian...

— Enfin, ce n'est pas à moi de la juger, interrompit la sœur de Georges ; mais ce que je puis bien vous affirmer, c'est que je souffre beaucoup, ce soir. Il me semblait être aimée de lui ; je me suis trompée, sans doute.

— Je vous remercie de renouveler votre confidence... Mais, pour quelques sourires, quelques compliments à l'adresse d'une coquette...

Lydia quitta le bras du comte et, levant sur lui ses yeux profonds de femme faite et de jeune fille intelligente, elle ajouta :

— Vous l'avez dit ! Vous voyez bien que mon cœur avait deviné cette femme. C'est pour cela que je tremble. Je vous l'avoue comme à un père. Je pressens pour mon amour un danger que je ne peux éviter par aucun moyen, aucun, parce que je suis une jeune fille, parce que je suis forcée de dissimuler mon amour, parce que je ne connais rien à ces ruses féminines que j'entrevois et qui prennent si bien les hommes. Oh ! comte, est-ce que vous croyez que je suis aimée ?

Lydia, surexcitée, éclata en sanglots.

— Je vous dis que vous êtes une petite exaltée.

Elle eut un soubresaut de colère ;

— Soit ! je veux être coquette aussi ! J'aurai des airs penchés et des inclinaisons de tête étudiées. Je m'étoufferai dans mon corset, je mettrai du blanc, du rouge, du noir, et nous verrons bien qui des deux sera la plus forte.

— Pour lutter, vous n'avez qu'à rester

vous-même. La simplicité et l'amour vrai sont des attraits plus puissants que l'éclat et la coquetterie.

— Ah! vous voyez bien que non !

— Mon enfant, je vous en supplie, quittez cette exaltation qui n'a aucun motif sérieux. Les hommes n'aiment pas une femme parce qu'ils lui font des compliments, la plupart du temps, ils se moquent d'elle et sont fiers de leur en faire accroire.

— Vous pensez? demanda naïvement la jeune fille.

— J'en suis sûr.

— Mais à quoi reconnaître ?...

— A mille petits détails. Entre autres, en voici un : avez-vous remarqué que M. Armand fût timide avec Mme Christian comme il l'est avec vous ?

— Non, il avait l'air très à l'aise auprès d'elle.

— Et pas du tout convaincu ?

— Pourquoi lui disait-il de ces choses qu'il ne m'a jamais dites ?

— Parce qu'elle lui est indifférente et qu'il vous aime.

— Bien sûr ?

— Mais oui,

— Allons, j'essaierai d'être plus raisonnable.

— Vous avez raison, mon enfant, il ne faut pas se laisser aller à la jalousie. C'est une très mauvaise conseillère.

Et le comte, attirant à lui la jeune fille éplorée, lui déposa sur le front un long baiser affectueux.

Soudain, par un mouvement maladroit, par un scrupule inexplicable, sentant que quelqu'un venait d'entrer derrière eux, il se détacha brusquement de Lydia et se retourna.

Mme Christian était là.

Elle était là, souriante, avec une pointe de malice dans les yeux, à demi surprise par le spectacle qui s'était offert.

Elle revenait — c'était bien simple — pour prendre son éventail qu'elle avait oublié.

M. Armand Roussel l'avait quittée au portail, elle avait été obligée de venir le chercher elle-même.

— Je vous demande pardon, comte. J'avais oublié mon éventail.

Cette phrase fut dite avec un tact féminin très délicat, et néanmoins M. de Brimont en perçut l'ironie.

Il ne répondit que ces mots :

— Là, sur la cheminée, madame.

— Elle prit l'éventail, salua avec une discrétion insultante et sortit, laissant le comte en proie à des réflexions bizarres.

La tête inclinée, pressant lentement de son pied coquet le sable de la grande allée, la veuve murmura avec un sourire méchant :

— Maintenant, mon plan est fait.

TROISIÈME PARTIE

I

Mme Christian passa une nuit d'insomnie délicieuse. Enveloppée dans la fraîcheur de ses draps blancs qui modelaient ses formes pleines, la tête enfouie dans l'oreiller moelleux, elle avait repoussé la couverture au pied du lit et écoutait le ronflement du vent dans les arbres de son jardin ; la fenêtre était entr'ouverte par cette nuit orageuse d'été, et les fleurs du parterre, le long de

8

la muraille, exhalaient des parfums qui
glissaient dans l'air attiédi jusqu'à la
chambre, qu'ils imprégnaient voluptueu-
sement.

— Maintenant, mon plan est fait !

Elle s'était trop hâtée de s'affirmer à elle-
même la réalisation de son désir. Le plan
qu'elle avait conçu était encore très vague.
Elle s'était promis d'englober dans sa vengeance ses deux amants, celui d'avant son
mariage, celui d'après, le comte de Brimont
et Georges Desroches.

Le moyen elle ne le tenait pas encore,
mais elle l'avait entrevu, et c'est la quasi-
certitude de le trouver qui assouvissait mo-
mentanément sa rage de femme dédaignée
et lui procurait une sensation de bien-être.

Cependant, la réflexion rendant plus aiguë
sa haine, au petit jour, au premier rayon
qui se joua sur la persienne verte, énervée

et languissante, elle sauta hors de son lit.

Après avoir jeté dans des babouches bro-
dées de fils d'or ses pieds toujours qualifiés
de divins par l'impiété d'amants à bout d'é-
pithètes ; après avoir lestement agrafé autour de sa taille, sur sa chemise de batiste
transparente, un corset en satin rose qui
lui cambra les reins ; les jambes nues, les
cheveux dénoués, elle courut vers un petit
meuble d'ébène incrusté d'écaille, s'assit
auprès, puis en retira un coffret qu'elle ouvrit. Une liasse de lettres empaquetées avec
des faveurs bleues glissa dans l'écartement
des jambes.

Mme Christian se retourna, tira les rideaux et souleva la jalousie, pour faire entrer un peu plus de lumière.

Alors elle se mit à consulter ces souvenirs
écrits, ces lettres, cette histoire de ses
caprices.

Elle murmurait en fouillant les papiers épars:

— M. de Brimont? En voilà un que le mariage a rassis. Il veut ses lettres! ses lettres! Léonidas, viens les prendre. D'abord, je ne les trouve plus.

Elle enfonça la main dans le coffret, retira un paquet et continua:

— Ça, c'est de Georges... encore de Georges... Ah! du comte... une autre du comte... Elles se sont mêlées. Pourquoi pas? ils s'entendent si bien, eux!... Celle-ci... ah! celle-ci est de mon pauvre mari avant que nous fussions mariés... une autre de Georges, du comte... cinq, six, sept... elles y sont toutes.

Et tenant rassemblées dans sa petite main blanche les lettres de M. de Brimont, elle les attacha ensemble avec une précipitation dédaigneuse.

Tout à coup elle aperçut, collée à la paroi du coffret, une enveloppe blanche.

— Ah ! j'oubliais celle-ci !

Elle la déplia :

— Un billet, un simple billet. Un rendez-vous !

Et elle lut :

« Ma chère enfant,

« Venez chez moi ce soir. Je compte sur votre ruse habituelle... et je suis tout à vous pour la vie.

« Signé : Comte de Brimont »

« — Chère enfant ! à vous pour la vie ! » Oh ! les hommes. C'est signé, cependant. Bonne note. Il était moins lâche que les autres. Brûlons ça. Mais non... puisqu'il faut tout lui rendre.

En ce moment, un coup de sonnette retentit.

Mme Christian, à travers la jalousie, regarda.

Un homme traversait le jardin.

Elle le reconnut.

C'était le domestique de M. de Brimont.

Elle saisit à la hâte un peignoir et, quand on vint l'avertir que quelqu'un demandait instamment à parler à madame, elle répondit :

— Je sais, faites entrer,

I

Le long et maigre personnage qui répondait au nom de Valentin apparut sur le seuil, la tête basse, les narines dilatées par les parfums qui emplissaient la chambre encore chaude, le sourire obséquieux, la démarche gênée par ce tapis qu'il n'avait pas l'habitude de secouer.

Mme Christian, fière dans son déshabillé méprisant pour cet homme, s'assit mollement au fond d'un fauteuil.

Valentin resta debout.

— Deux mots seulement, dit la veuve.
Aimez-vous vos maîtres ? Non, n'est-ce pas ?
alors parlez. Vous n'êtes pas intéressé, mais
je vous paierai bien tout de même.

Valentin eut presque un soubresaut. Cette
femme le flagellait avec cynisme. Elle
déshabillait ses pensées en deux mots. Le
valet sentit un grondement intérieur, un
lever de haine au fond de cette conscience
qu'il venait vendre.

Mais comme il était pratique avant d'être
honnête, il refoula son beau sentiment, le
mit en réserve et répondit avec une con-
vexité de dos exagérée :

— Madame n'a qu'à interroger, et je ré-
pondrai à madame.

— Et vous serez franc, n'est-ce pas ? —
Eh bien, que savez-vous au sujet de
M. Georges Desroches et de Mlle Lucie ?

— Je sais qu'ils s'aiment, répondit Valentin.

— Je le savais aussi, ils s'aiment, ils se le sont dit; ils ont des rendez-vous.

— Oh! cela, madame! fit le domestique avec un geste involontaire de répugnance.

— Cela, je vous le demande. Ne se voient-ils jamais que sous les yeux du comte et de la comtesse? Vous m'avez promis d'être franc, ajouta la veuve en prenant sur la cheminée une bourse qu'elle jeta sur la table.

— Assurément, ils se voient ailleurs.

— Où?

— Dans le jardin, sous la charmille du fond.

— Quand?

— Le soir, vers neuf heures. Quand tout le monde est couché; M. Georges traverse une haie et mademoiselle va le rejoindre.

— Très bien. Cette bourse est à vous.

Valentin fit une moue dédaigneuse, mais empocha l'objet.

Mme Christan le regarda bien en face et continua :

— Je puis faire votre bonheur, mon garçon. Vous avez l'allure d'un homme ; je ne vous méprise pas parce que je vous paie, sachez-le bien, mais l'argent que je vous donne est une façon de vous prouver que vous me rendez service. De vous à moi, il n'y a pas de reconnaissance possible, si je ne la prouve matériellement. Ne soyez donc pas blessé... Écoutez-moi une minute.

Elle fit une pause ; puis, soudain, le front plissé :

— Comprenez-vous qu'on se venge ?

— Oui, dit l'homme.

— Eh bien ! je n'ai pas de confidences à

vous faire. Je me venge, voilà tout. Vous
êtes l'instrument. Je vous ferai riche si
vous le voulez.

— Que faut-il faire ? demanda le domestique, dans les yeux duquel éclatèrent des
flammes de convoitise.

— Il faut dire la vérité... à toutes les
femmes de chambre que vous connaissez.

— Est-ce tout ?

Mme Christian réfléchit un instant :

— Pour le moment, c'est tout... mais
revenez me voir demain.

A peine Valentin était-il sorti, que
Mme Christian fut tentée de le rappeler :

Pendant sa conversation avec cet homme
une idée abominable avait germé sous le
crâne de la veuve. Le plan qui depuis la
veille se dessinait, à son gré, trop lentement, lui était soudain apparu clair, précis ;
c'était une admirable vengeance, une ven-

geance raffinée, une calomnie, mais une
calomnie à double tranchant, un guet-
apens moral où se perdrait la réputation
de ses deux amants, et qui souillerait du
même coup l'innocence de deux jeunes
filles.

La veuve avait des soubresauts de
volupté méchante.

Pourquoi avait-elle hésité !

Elle aurait dû lancer la calomnie sur-le-
champ, ne pas attendre.

Elle courut au coffret, saisit le dernier
billet du comte, le lut une seconde fois,
puis une troisième, l'examina, le trouva
propre, net, parfumé, pas du tout froissé,
ayant une apparence de fraîcheur. — Il
n'était pas daté.

Mme Christian eut une explosion de joie
féroce et déposa sur ce petit papier un
baiser haineux.

— Ah ! Georges, murmura-t-elle ; après
ce que je vais faire, je te permettrai
d'épouser Mlle de Brimont, si tu l'oses.

Et, ruminant sa vengeance, elle s'habilla
lentement, complaisante devant ses formes
réfléchies par la glace de l'armoire, prise
par moments de fureur contre l'embon-
point de la quarantaine, qui la forçait à
lâcher son corset tous les mois davantage.

— Toute la journée elle resta pensive.
Les froissements de la vie lui donnaient
des haut-le-cœur. Elle songeait à la soirée
qu'elle offrirait samedi ; trois personnes
au moins ne viendraient pas : Mme de Brimont, sa fille et la sœur de Georges.

La femme du comte, par pruderie hau-
taine et aussi peut-être à cause d'une
espèce de seconde vue qui lui dévoilait le
passé ; Lucie, parce que son père se garde-
rait de l'y accompagner ; Mlle Desroches,

parce que Georges lui-même se dispenserait d'y assister.

Mais, M. Roussel, ce jeune homme qu'aimait la sœur de Georges, viendrait-il, lui ?

Inconsciemment, la veuve avait plusieurs fois arrêté sa pensée sur ce jeune homme. Armand lui avait plu. Elle le trouvait de commerce facile, et de mœurs riantes, et se disait que Mlle Desroches, avec ses grands airs de fille froide, ne devait pas avoir ému ce joyeux causeur.

Mme Christian attendit le lendemain avec impatience. Le domestique de M. de Brimont revint. Il s'était acquitté déjà de sa mission. La veuve parut satisfaite. Pendant un quart d'heure ils restèrent ensemble, elle, donnant de nouveaux ordres, lui, écoutant, recueilli, ce qu'elle imposait à sa complicité vénale.

A la fin du pacte, la veuve ajouta :

— C'est entendu, n'est-ce pas?

— Oui, madame.

Et, comme il ouvrait déjà la main, il reçut cette réponse prudente :

— Après !

III

Le samedi soir, vers neuf heures, la villa
Christian prit un air de fête. Les arbres qui
entouraient la maison rougeoyaient sous
la lumière des lustres traversant les fins
rideaux des fenêtres. Les ombres des domestiques allumant les bougies passaient
seules dans le grand salon recueilli, où
l'on avait porté les orangers de la serre, et,
de la route, quelques curieux apercevaient,
dans l'éclatant resplendissement des glaces,
l'immobilité de cette verdure illuminée.

9

Du côté du parc, les portes-fenêtres
étaient ouvertes sur une vérandah tapissée
d'une glycine, dont les branches opulentes
de grappes fleuries retombaient dans
l'ombre du dehors, et s'agitaient sous l'immense auvent, comme pour fouetter et
renouveler l'atmosphère brûlante du de-
dans.

Dans une pièce contiguë, Mme Christian,
déjà prête, superbement parée, donnait
ses ordres.

Quelques intimes arrivèrent de très
bonne heure. Il y avait des jeunes femmes,
deux ou trois veuves, une étrangère qui
se disait noble et mariée, mais pas de
jeunes filles, ce qui, en secret, blessait
profondément la maîtresse de la maison,
en quête de confiance et d'honorabilité.

Subitement prise d'un dégoût maussade
pour l'amusement qu'elle s'était promis, au

lieu de tenir compagnie aux personnes déjà présentes, elle s'attardait dans ce petit salon, les yeux perdus sur les dorures des tableaux, sèche et brutale en répondant aux domestiques qui l'approchaient, frémissante d'impatience chaque fois qu'une porte basse s'ouvrait.

On eût dit qu'elle attendait sa vengeance qui allait entrer par là.

Par moments, cependant, elle avait dans le regard une lueur satisfaite et, dans toute la physionomie une expression qui signifiait : « Il est impossible que je ne réussisse pas! »

Tout à coup, elle aperçut par l'entrebaîllement de la porte qui s'ouvrait sur le grand salon la silhouette d'Armand Roussel dans une glace. Elle se leva, comme mue par un ressort. Elle entra parmi ses invités, distribua ses sourires, alla droit au jeune homme, adoucit de plus en plus le feu de ses prunelles languissantes et lui dit :

— Monsieur Roussel, c'est charmant d'être venu. Je suis vraiment contente.

Armand s'inclina.

— M. Desroches ne vous a pas accompagné ?

— Il m'a prié de l'excuser. Une indisposition.

— Légère ? ajouta la veuve avec un sourire incrédule.

— Qui n'a rien de grave, en effet.

Ils étaient près d'un canapé. Elle s'assit, l'invitant de la main à s'asseoir aussi.

Puis elle continua, souriante :

— Entre nous, monsieur, je ne lui plais pas beaucoup, à votre ami ?

— Georges ne m'a pas confié ses impressions.

— L'eût-il fait, vous ne les avoueriez pas.

— Notre amitié, répliqua le jeune homme, nous a créé une telle conformité de vues et d'opinions, que je puis vous affirmer la profonde sympathie de Georges.

— Oh! interrompit Mme Christian.

— Et son ardente admiration, ajouta-t-il d'un ton sérieux où semblait percer un commencement de passion.

— Toujours par analogie! s'écria-t-elle en riant. Voilà une façon de faire des compliments à une femme qui est assez bien trouvée.

— De grâce, n'étudiez pas mes procédés...

— Mais si... pour ne pas m'y laisser prendre.

Ils s'amusaient à ce jeu mesquin de la galanterie courante, mais aucun des deux n'était sincère; Armand, prévenu par Georges de la facilité de mœurs de cette femme, la traitait avec une désinvolture polie,

étonné seulement de la subite sympathie
qu'il semblait avoir gagnée.

Au fond, ce genre de conversation plaisait à sa nature ; il ne dédaignait jamais le
mot pour rire avec une jolie femme qui
s'y prêtait, et ce qu'il aimait par-dessus
tout, c'étaient les discussions pittoresques
sur les sujets brûlants, les suites d'allu-
sions à des choses intimes, sans que le
verbiage périphrasé dégénérât jamais en
crudité de mots.

Elle, de son côté, pelotonnée dans la chaleur de ses deux bras croisés sur la poitrine décolletée, les jambes serrées un peu
molles sur le canapé, elle était heureuse
d'inviter aux mots audacieux ; l'homme lui
plaisait.

Armand reprit :

— Vous laisser prendre ! Pourquoi non ?
D'ailleurs votre mot n'est pas juste ; il indi-

querait de ma part une arrière-pensée.
J'étais très sincère.

— Vous avez parlé de procédés, ce qui
fait penser à une délibération, tout au
moins à une préméditation.

— Eh bien soit! dit Armand avec sa franchise de joli garçon; pourquoi n'aurais-je
pas prémédité? Vous n'êtes pas de celles
qui s'offrent ou se donnent sans combat.

— Voulez-vous dire que je suis de celles
qui se rendent?

Et pas du tout effarouchée, elle riait, les
regards maintenant très clairs, le cou ren-
versé, ayant pris l'éventail qui pendait à
son côté à une chaîne d'argent niellé et
l'agitant sur ses dents entr'ouvertes, de sorte
qu'elle envoyait au visage du jeune homme
le souffle chaud de son éclat de rire.

— Eh bien, ajouta-t-elle, je ne me rends
jamais.

— Vous avez tort, déclara Armand, très
sérieux.

Elle le regarda, abasourdie.

— Vrai, vous n'êtes pas moral.

— Chère madame, il m'est pénible de
constater que vous voulez trop tôt entrer
dans ce qu'on appelle les non-valeurs féminines. Vous êtes trop spirituelle, trop...

— Allons, dites.

— Trop fine...

— Encore !

— Trop jeune...

— Suite du procédé ; continuez.

— Passons, vous m'avez compris. Soyez
du monde ou n'en soyez pas. Il n'y a pas
de milieu.

— Pardon, on peut en avoir été. D'ailleurs,
monsieur Roussel, pourquoi faites-vous le
sceptique ? Croyez-vous que la femme ne
soit utilisée que par la passion ? Vous ra-

baissez singulièrement son rôle. Elle est mère, ou femme, ou fille, et à chaque état correspondent des devoirs si doux à remplir! Ah! si vous vous moquez, je me tais... Eh bien, fille, je l'ai été; mère, je ne le suis pas; femme... épouse j'entends.

— Vous pouvez l'être, insinua Armand, avec intention.

Il la vit tressaillir.

— Merci, fit-elle en se levant. Qui donc voudrait de moi? D'ailleurs, je sors d'en prendre.

Et sur ce mot de mauvais ton, elle changea de conversation.

— Il y a là des dames qui ne demandent qu'un sujet d'éloges, monsieur Roussel. Si votre réputation de galant homme n'était déjà complète, elles vous la feraient.

— J'aurais tenu, madame, à la recevoir tout entière de vous seule.

La veuve sourit, mais d'un air glacé
Elle était un peu pâle sous son carmin qui
se dissolvait dans la chaleur.

Armand comprit qu'elle voulait cesser de
causer ; il murmura :

— Je vais donc inviter une de ces dames.

Une valse jouée par un jeune homme
blond à l'air inspiré, aux doigts nerveux,
ébranlait le piano.

Peu à peu le salon s'était empli.

Il y avait là des hommes de tout âge, mais
surtout des jeunes gens. Ils abondaient,
comme si la maîtresse de maison avait eu
une fille à marier ; puisqu'on disait du mal
de la veuve, dans les environs, il était naturel que la société des oisifs tentât de pê-
cher en eau trouble, et se glissât dans ce
salon où les mères ne conduisaient pas
leurs filles, malgré les invitations réitérées
de Mme Christian.

Que de gens recevaient cette irrégulière et n'allaient pas chez elle !

Dans le cœur de cette femme avide de considération, une plaie grandissait chaque jour, et lentement, elle arrivait à haïr tout le monde. A chaque nouvelle blessure, elle relevait plus haute la tête et donnait une nouvelle soirée, plus brillante. Les femmes douteuses accouraient, les jeunes gens se hâtaient pour les y rencontrer, et Mme Christian enrageait parmi ces hommes qui n'étaient pas là pour elle, au milieu de ces femmes qui se faisaient belles pour eux.

Insensiblement, elle devenait indifférente à cette estime qu'elle avait tant désirée, absorbée par l'abandon de Georges, préoccupée de se venger, sa blessure d'amour-propre cicatrisée par le fiel de la haine qui lui envahissait maintenant le cœur.

Méprisée, elle était arrivée à rendre à la

société qui la recevait, mépris pour mépris.

La seule seule maison où elle fût réellement libre était celle de M. de Brimont, et la veuve se rendait bien compte du sentiment qui avait poussé son ancien amant à l'accueillir. Mais au lieu de considérer cette tolérance comme une bonté, elle l'envisageait comme une faiblesse,, elle haïssait le comte.

Soudain, au cours de son existence écœurante venait d'apparaître un jeune homme qu'elle avait, sans en connaître le motif intime, écarté de sa réprobation. Par ses dehors, par ses attentions, M. Armand Roussel avait frappé son esprit déséquilibré.

Dans son imagination de femme entreprenante, elle avait entrevu la réalisation possible d'un caprice nouveau.

Il y a des femmes qui tiennent de la nature virile par cette férocité du désir : chez

Mme Christian ce désir était à l'état latent,
mais il était né, et, ne fut-ce qu'une seconde
il avait duré cette seconde dès qu'elle avait
rencontré Armand dans le salon de M. de
Brimont.

Depuis, elle n'avait plus pensé à lui. Elle
se serait elle-même méprisée si elle avait ap-
profondi plus longtemps ce mouvement de
ses nerfs et de son sang... et voilà que tout
à coup, sur le canapé, pendant qu'Armand
lui parlait, elle avait ressenti cette même
commotion bizarre.

Elle avait pâli ; elle s'était levée ; une minute de plus, elle se troublait.

Maintenant de retour de la pièce voisine,
elle se sentait prise d'un indéfinissable ma-
laise. Et debout, songeuse, elle écouta le
rythme effréné que tapait le jeune homme
blond. Elle ne savait même plus pourquoi
elle avait abandonné M. Roussel.

— Madame? dit un laquais.

—Qu'y-a-t-il?

— Monsieur de Losan demande à parler à madame.

— A part?

— Oui, madame.

—Dites-lui d'entrer.

IV

M. de Losan était ce gentilhomme campa-
gnard dont M. de Brimont avait fait en peu
de mots le portrait à Madame Christian, un
soir qu'il venait de lui confier le refus caté-
gorique de Lucie : Vingt-cinq ans, beau cavalier, spirituel, instruit.

M. de Losan avait été d'autant plus blessé
du refus de mademoiselle de Brimont, qu'il
se hasardait pour la première fois à demander la main d'une jeune fille du pays et que,
désiré par toutes, il était tombé justement

sur la seule qui ne fût pas éprise de lui.

Il souffrait dans sa réputation égoïste de joli garçon évincé, et secrètement conservait une rancune contre cette famille où il avait éprouvé un échec.

Quand il pénétra dans la pièce où se trouvait la veuve, il avait l'air correct et froid, et en même temps le sourire compassé d'un homme qui vient d'apprendre une monstruosité et tient encore à ne pas la divulguer.

— Un mot, seulement, madame... je vous dérange?

— Non, monsieur, parlez.

— Est-ce que M. Georges Desroches sera ici, ce soir?

— Non, il est indisposé, paraît-il, répondit Mme Christian.

— Tant mieux, fit M. de Losan d'un ton sec.

— Pourquoi donc?

— Je ne tiendrais pas à me rencontrer ici avec ce monsieur.

La veuve insinua, avec un sourire perfide :

— Ah ! oui, je sais... Mlle Lucie.....

— M'a éconduit à cause de lui, précisément, — ce qui m'est fort indifférent...

— Du dépit.

— Je viens d'en apprendre de belles sur leur compte.

— De la médisance.

— Ils sont très bien ensemble...

— De la calomnie.

— Le père de Mlle de Brimont, cet ancien viveur, n'est pas non plus très mal avec la sœur de M. Desroches. Je conçois tout maintenant : donnant, donnant.

— Des réticences. Expliquez-vous donc une bonne fois, dit Mme Christian, qui voulut paraître intriguée.

10

— Non, répondit M. de Losan. Vous m'avez compris.

Et il entra dans le grand salon.

Restée seule, Mme Christian sentit son cœur bondir de joie.

Valentin avait travaillé. Elle avait pris l'arme la plus sûre, le poison le plus rapide. Vive la calomnie pour se venger !

Dans dix minutes tout le monde allait connaître cette intrigue ; M. de Losan se chargerait de la besogne. Amoureux éconduit, domestique payé, elle avait là d'excellents auxiliaires.

Elle entra, elle aussi. La danse avait cessé.

Elle se mêla aux groupes. C'était un des moments où les plateaux, chargés de sirops, passaient devant les invités. Les éventails s'agitaient. Tous les fauteuils étaient occupés par les danseuses lasses.

Dans un coin du salon, les messieurs s'é-
taient retirés et causaient à voix basse. De
temps en temps, des rires étouffés ou des
exclamations partaient. M. de Losan péro-
rait au milieu d'un groupe d'hommes,
baissant la voix pour n'être pas entendu des
dames.

Armand Roussel, une chaise se trouvant
par hasard libre près de la porte, s'était
assis et par moments regardait Mme Christian, très étonné de la voir lever sans cesse
les yeux sur le groupe de M. Losan.

Tout à coup un nom fut prononcé.

Armand pâlit.

Il se leva, s'approcha, écouta.

— Eh bien ! messieurs, qu'en dites-vous ?
jetait M. de Losan en terminant son histoire.

— Quelle cuisine de sentiments ! dit un
invité avec une moue de dégoût.

— Vrai ! ce n'est pas propre, certifia un second.

— Moi, je ne peux y croire, ajouta un troisième d'un ton désintéressé qui signifiait : Après tout, c'est fort possible.

M. de Losan reprit :

— Du comte, la chose ne m'étonne pas ; mais je n'aurais jamais cru que ce M. Desroches....

Armand entendit ces dernières paroles.

Il eut un sourire forcé et, s'adressant à M. de Losan :

— Elle est donc bien vilaine, cette histoire, pour que vous la chuchotiez en petit comité ? demanda-t-il.

— Oh ! monsieur, c'est un bruit public, affirma M. de Losan.

— Et vous le colportez avec une puissance de narration peu ordinaire, témoin la gaieté de ces messieurs.

— Vous êtes flatteur, monsieur.

— J'aime tant les narrateurs, dit Armand de plus en plus pâle et les lèvres pincées.

M. de Losan sentit qu'il y avait dans la voix d'Armand Roussel une provocation et, comme il était brave et qu'il ignorait l'amitié d'Armand pour Georges Desroches, il répondit en appuyant sur les phrases :

— En deux mots, monsieur, voici l'aventure : le comte de Brimont a une fille charmante, Mlle Lucie ; M. Georges Desroches a une sœur adorable, Mlle Lydia.

— Et... interrompit Armand, dont les poings se crispèrent.

— Et alors, reprit M. de Losan, on dit que M. le comte prêté sa fille à M. Desroches, parce que M. Desroches prête sa sœur à M. le comte. Voilà.

Une seconde, Armand resta muet, puis il éclata :

— Savez-vous ce que je dis, moi ? Que
vous êtes un lâche et un infâme.

Il se fit dans le salon un grand effarement
silencieux.

— Monsieur ! s'écria Losan menaçant.

— J'ai oublié le soufflet, répliqua Armand.

Et d'un bout de son gant, il frappa M. de
Losan au visage.

Personne ne bougeait ; on regardait les
deux hommes.

Armand, surexcité, continua :

— Je suis l'ami de Georges Desroches,
dont on insulte ici la sœur et la fiancée.

Mme Christian et quelques dames s'étaient
levées et rapprochées.

La veuve, d'une voix conciliatrice,
demanda hypocritement :

— Qu'est-ce donc ? messieurs, qu'y a-t-
il ?

— Ce que c'est, ce qu'il y a, répondit Armand en baissant sa voix trop sonore : on commet une atrocité chez vous, madame. Il y a que l'on calomnie dans votre maison des innocents qui ne sont pas présents pour se défendre. Il y a que je suis pris de dégoût et que je sors, puisque vous ne chassez pas ces gens-là. Au revoir, monsieur de Losan !

Et, traversant la foule, il sortit la tête haute.

Mme Christian voulut couper le silence de stupeur qui succéda et, moitié railleuse, moitié suffoquée, elle murmura :

—Il m'a semblé que M. Roussel défendait l'honneur des dames, messieurs ; en cela, quels que soient ses tors, il avait raison.

— La raison de don Quichotte, riposta M. de Losan, les bras croisés, se promenant, très agité. Nous nous battrons, et après ? Qu'en aura-t-il de plus, ce fou ? Se battra-t-il

contre tout le monde et contre les moulins
à vent?

Mme Christian, très habile, interrogeait
ses invités, essayant de les confesser. Mais
personne n'était coupable. On lui répondait
par d'enfantins : « Ce n'est pas moi! » ou :
« Moi, j'ai répété ce qu'on m'a dit! » ou :
« Je ne m'occupe jamais des affaires des autres ».

Alors, tout haut, elle résuma et conclut :

— Personne n'est coupable, en effet, et
tout le monde l'est. On a dit une méchanceté
à quelqu'un qui l'a répétée, une traînée de
poudre, quoi de plus simple : Ce n'est pas
pour rien que la Renommée a cent bou-
ches :

Et, comme, sur cette banalité, on esquis-
sait des sourires polis, un domestique vint
prévenir à voix basse Mme Christian que le

comte de Brimont lui demandait une minute d'entretien.

Elle eut un frémissement imperceptible, et, se tournant vers ses invités :

— Allons, messieurs, vous ne dansez plus?

V

Le comte l'attendait, en habit de ville, le chapeau à la main.

Il y avait désaccord entre son maintien tranquille et la mobile anxiété de son regard.

— Vous. Oh! que je suis heureuse de vous voir !

— Pardon, madame, un mot, un seul; est-ce que M. Desroches est ici ? Il n'est pas chez lui ; je le cherche.

— Mais non ; il n'est pas venu.

— Ah ! et son ami, M. Armand Roussel ?
Je voudrais lui parler.

— Il vient de partir. Comme vous êtes
pâle.

— Vous trouvez ?... Je souffre un peu :
Enfin, je les verrai demain ; c'est peu important.

Et le comte de Brimont fit le simulacre
de sortir.

— Vous ne restez pas ?

— Merci.. Impossible.

Elle sourit, disant :

— Attendez un peu, j'ai vos lettres! à...
Les voulez-vous ?

Elle courut à un tiroir où elle les avait
placées, toutes, sauf le billet, le dernier
qu'elle avait retiré du coffret et qui devait,
croyait-elle, compléter son plan de vengeance.

— Elles y sont toutes, n'est-ce pas ? demanda d'un ton indifférent M. de Brimont, qui semblait être absorbé par d'autres pen·sées.

— Toutes, comptez-les, soupçonneux !

— Oh ! c'était une façon de parler, dit-il, se défendant du moindre doute.

Il ajouta vivement :

— Au revoir, chère belle, à bientôt. Je souffre trop pour rester. D'ailleurs ma mise n'est pas correcte pour une soirée.

Elle lui tendit la main. Il la prit, en baisa les ongles roses et se retira.

Alors Mme Christian eut un petit rire sec et méchant.

Allons, le drame était en jeu ! Tous ces pantins dont elle tenait les fils la faisaient sourire de pitié. C'était elle qui bâtissait la pièce, mais elle s'intéressait au dénoûment.

Elle s'assit, se leva, très agitée, repas-

sant déjà dans sa mémoire les faits de la
veille.

Dans la satisfaction de sa haine, il y avait
un côté des événements qui la tourmentait.
Se venger, c'est bien ; mais il fallait que la
vengeance ne frappât que des gens haïs ou
coupables. Or, que lui avaient fait MM. de
Losan et Roussel, qui étaient maintenant
mêlés à l'aventure ?

Si l'un d'eux mourait, n'aurait-elle pas à
se reprocher sa mort ?

M. de Losan était encore dans le salon.
Elle eut la tentation d'aller lui demander de
trouver un prétexte pour que le duel n'eût
pas lieu.

Elle n'osa pas.

M. de Losan, d'ailleurs, souffleté, aurait
refusé tout arrangement.

Alors, pendant que la soirée s'alanguissait
dans la chaleur des bougies, mêlée au par-

fum des orangers, pendant que le piano
s'attardait dans une valse lente et volup-
tueuse, elle se sentit prise d'un affaissement
subit de sa haine, elle eut comme une dé-
bâcle de tout son courage, elle fut sur le
point de pardonner et d'envelopper dans
une bonté tardive les deux hommes qui
l'insultaient de leur indifférence.

Elle se disait qu'après tout elle avait été
aimée et qu'ils n'étaient pas coupables de
ne plus aimer.

Mais ce sentiment ne dura pas. Sa haine
se réveilla.

Et comme si ce voyage à travers un passé
de voluptés clandestines avait soudain
remué ses sens et mis en éveil ses capacités
amoureuses, elle fut surprise de songer au
duel du lendemain, et de tressaillir à l'idée
que l'issue pourrait être funeste à M. Armand
Roussel

Quand la soirée fut terminée et que la veuve se fut retirée dans le silence de sa chambre, elle écouta battre son cœur, et tout à coup, d'un mouvement brutal et rageur, elle brisa son éventail.

Est-ce qu'elle allait aimer cet autre, maintenant ?

QUATRIÈME PARTIE

***

I

Le matin était humide. Six heures tintaient dans la vaporeuse buée qui se levait de terre et montait jusqu'au faîte des arbres.

Le clocher de l'église voisine découpait nettement sa flèche sur le ciel. Il y avait un murmure de gouttelettes qui tombent dans tout le jardin, et par la fenêtre de la pièce où Georges travaillait, l'air pur et frais entrait, apportant des parfums.

Au milieu des livres, des papiers qui encombraient la table, le jeune homme réfléchissait. Une émotion réelle absorbait son habituelle sérénité, et de petits tremblements agitaient ses doigts quand il les enfonçait dans sa chevelure.

Une porte de la pièce s'ouvrit, Georges se retourna. C'était sa sœur qui entrait.

Il courut à elle, la baisa au front.

— Déjà levée.

— Oui, répondit la jeune fille, qui finissait de boutonner son peignoir rose et, d'un mouvement d'épaule, rejétait derrière les reins ses longues nattes brunes pas encore peignées. Je t'ai entendu. Je me suis levée aussi. Du reste, je n'ai pas pu dormir de la nuit.

— En effet, tu étais triste hier soir.

— Je savais qu'Armand était allé à cette soirée.

— Jalouse incorrigible, dit Georges en lui prenant la main. Sais-tu que tu le rendras malheureux !

— Comme tu me connais peu, mon ami. Je ne suis pas jalouse maintenant, mais je n'aime pas cette femme. Je te dis qu'il a eu tort d'y aller. Tu t'es abstenu, toi. Il devait t'imiter. J'ai comme le pressentiment que cette soirée lui portera malheur.

— Ne parle pas de malheur. Avant un mois, nous serons tous heureux.

— Ah ! j'oubliais de te dire que M. de Brimont était venu hier, dans la soirée, pour te parler.

— Tu l'as vu ?

— Non.

— Qu'importe ! je le verrai aujourd'hui... et pour affaire importante !

— Tu trembles d'avance à l'idée de faire cette demande. Tu as tort. C'est si simple. Tu le trouveras dans le parc à chasser. Entre amis, vous ne ferez pas de cérémonies.

— Bah ! les parents sont si bizarres ; il me semble qu'au dernier moment, il va surgir des difficultés.

— Le principal est fait : elle t'aime.

— Entre la coupe et les lèvres, il y a place pour un malheur.

— Tu es fou. C'est mon tour de te donner du courage.

— Si je réussis, quel poids de moins j'aurai sur le cœur. Songer que nos deux bonheurs s'accompagneront, que je te saurai contente, aimée de celui que tu aimes, que nos deux familles pourront grandir côte à côte, que ton mari sera mon ami ! Petite sournoise, tu ne m'avais pas confessé que tu l'aimais. Oui, ce sera charmant : Armand et toi, Lucie et moi.

Et comme, tous deux, perdus dans un sourire, émus par l'avenir, restaient immobiles, en proie à une douceur intense de sentiments, la porte s'ouvrit toute grande et Armand, très pâle, apparut sur le seuil.

— Tiens, bonjour. Bien matinal, fit Georges en allant vers lui.

Armand grave, s'avança vers la pièce.

Soudain Lydia poussa un cri d'effroi.

Elle venait d'apercevoir la main de son fiancé entourée d'un linge sanglant.

— Blessé ? demanda t-elle.

— Blessé ? répéta Georges.

— Oui, dit Armand.

Lydia, effrayée, posa trois questions à la fois, avide de détails et regardant d'un air égaré cette main enveloppée :

— Pourquoi ? Quand ? Comment ?

— Pour vous, ce matin, en duel, répondit
Armand d'un ton bref et sec.

— Pour moi, balbutia la jeune fille.

Georges intervint :

— Et comment n'étais-je pas ton témoin?
interrogea-t-il anxieux, ne comprenant
rien aux paroles d'Armand.

— On t'aurait récusé.

— Moi ! Ceci tourne à l'insulte.

— Restons seuls, je vais tout t'expliquer.

Lydia avait des bourdonnements dans le
front. Confusément elle pressentait quelque
chose de terrible.

Elle eut la force de demander :

— Ne vous faut-il pas des soins? Vous
devez bien souffrir? Je vais chercher...

— Merci, mademoiselle.

Lydia reçut cette réponse glaciale
comme un soufflet ; elle sortit et, poussant

la porte de sa chambre, tomba sur un fauteuil et se mit à pleurer.

Armand et Georges étaient seuls.

Ce fut Georges qui parla le premier.

— Avec qui t'es-tu battu ?

— Avec M. de Losan.

— Et pourquoi ne pouvais-je pas être ton témoin ?

— Parce que c'est toi que je défendais aussi, toi, que l'on accuse d'une infamie.

— Parle.

— Promets-moi d'être calme.

— Je te dis de parler.

— Hier, à la soirée de Mme Christian, dans un groupe, j'entendis prononcer ton nom, celui de M. de Brimont, ceux de Lydia et de Lucie. C'était comme un murmure, dont je ne parvenais pas à saisir le sens. Ceux qui me savaient ton ami se taisaient à mon approche... les autres se chucho-

taient à l'oreille des choses dont ils riaient
ou qui leur faisaient faire une moue de
mépris.

— Enfin? demanda Georges impatient.

— Enfin, M. de Losan se faisant, dit-il,
l'écho d'un bruit public, a osé parler plus
haut que les autres. J'ai entendu ; c'était
tellement horrible que je me suis fait raconter ou du moins que j'ai fait formuler
clairement, de façon à ne pas douter, la
terrible accusation qui du même coup
souille M. de Brimont, t'avilit, salit la
réputation de Lucie et déshonore Lydia.

— En deux mots ?

— Te le dirai-je ? Oh ! cela m'écœure. On
prétend que tu es l'amant de Lucie, et que...
Lydia...

— Mais, hâte-toi donc ! supplia Georges.

— Devine donc plutôt. C'est déchirant
pour moi ce que tu me fais répéter... et

que Lydia est la maîtresse du comte.

En prononçant ces derniers mots, Armand était devenu livide.

— C'est infâme ! s'écria Georges, écrasé d'horreur.

La voix fébrile et le geste tremblant, Armand continua :

— Et tout ce monde-là souriait. Tous ils avaient sur les lèvres, dans les yeux, dans la tenue un air satisfait. Ces parasites avaient une proie à dévorer gaiement. Entre eux ils commentaient la calomnie en l'assaisonnant de ces mille traits de bêtise grivois et niais qui alimentent la méchanceté des femmes douteuses et la nullité des gommeux blasés. Ah ! qu'ils étaient beaux, à jeter sur tout ce que j'aime au monde, leur fiel et leur sottise !

Ah ! comme je les aurais broyés tous pour avoir, en une minute, décoloré le rêve de

mes deux dernières années. Oh ! ma Lydia,
ma Lydia.

Les sanglots maintenant l'avaient gagné.
Sa face convulsée exprimait une douleur
profonde. Il semblait que toute la vie de
cet homme se fût portée à ses yeux et
que ses larmes fussent des gouttes de sang
extravasées de son cœur.

Anéanti, il se jeta sur un fauteuil, pendant que Georges, blême et digne, lui
répondait :

— Pourquoi souffres-tu si tu n'y crois
pas? Je songeais, en t'écoutant, qu'il était
plutôt de ton devoir de venir m'avertir que
de te battre pour nous? C'est moi que l'on
insulte, c'est ma sœur que l'on accuse,
c'est ma fiancée que l'on m'arrache, et tu
viens me montrer cette blessure que tu as
reçue pour nous. Sais-tu ce que je crois?

Il hésita, puis ajouta :

— Je crois que, si tu as douté un instant, tu es maintenant convaincu que la calomnie n'en est pas une ; que, si tu t'es battu, ce n'est ni pour moi, ni pour elle. En un mot je crois que tu as voulu mourir.

— Georges, murmura Armand, pour protester.

— Tes larmes le prouvent, continua le jeune homme, de plus en plus exaspéré. Ah ! si je savais les noms de tous ces lâches.

— Que ferais-tu ? il n'est plus temps, dit Armand, en se relevant de sa prostration douloureuse. La calomnie a mille têtes : les coupables ne sont pas ceux qui la répètent, mais ceux qui l'ont inventée. Cherchons-les ensemble.

— Me supposes-tu assez calme ?

— Je te trouve assez fort.

— Chercher ? Chercher quoi ? reprit

Georges, dont la colère montait à son pa-
roxysme. Des preuves. Tu veux des preuves,
toi ? C'est ainsi que tu aimes Lydia ; moi je
ne doute pas.

— Moi, dit Armand, j'ai réfléchi toute la
nuit, ce sont des preuves qu'il faut.

— Alors, cherche-les tout seul, interrompit brusquement Georges en se diri-
geant vers la porte.

— Où vas-tu ?

— Continuer ton duel, puisque tu es
blessé.

Armand allait le retenir, lorsqu'un domestique parut et annonça la visite de
Mme Christian.

L'heure était si matinale, qu'Armand et
Georges se regardèrent étonnés.

— Faites entrer ! ordonna le frère de
Lydia.

II

Armand s'était mis à l'écart, de sorte
que la veuve n'aperçut que Georges Desroches.

Elle venait d'abord pour détourner les
soupçons, ensuite pour assister au complé-
ment de sa vengeance, car elle s'était ar-
rangée pour qu'un des ressorts qu'elle met-
tait en jeu dans ce drame intime jouât en
sa présence — enfin pour connaître l'issue
du duel de la matinée.

Elle comprit au visage de Georges que le

bruit de la calomnie était déjà arrivé jusqu'à lui. Maniérée, douce, mielleuse, elle s'avança, tendit la main et dit :

— Une visite à pareille heure doit bien vous étonner ?

Et, sans laisser répondre, elle ajouta :

— Vous avez appris la scène qui s'est passée hier au soir chez moi, à mon grand regret ? Je venais vous faire mes excuses.

Georges laissa tomber froidement cette phrase :

— Vous n'êtes pas responsable de ce qui se colporte dans vos salons, et vous n'êtes pas solidaire des petitesses qui se commettent chez vous.

— Je savais bien que vous ne pouviez pas m'en vouloir. Je suis venue aussi pour connaître l'issue du duel entre M. Roussel et M. de Losan. Je suis véritablement inquiète.

— Pour lequel, madame ? interrogea

Georges méchamment, agacé de voir que
Mme Christian s'apprêtait à rester.

— Ne soyez pas inquiète, madame! dit
Armand qui s'avança souriant; c'est moi
qui suis blessé!

— Vous! dit-elle, un peu surprise de ne
l'avoir pas vu en entrant.

— Je suis flatté de l'intérêt que vous sem-
blez me porter, madame.

— Si je ne vous avais pas invité, vous ne
vous seriez pas querellé. Il est naturel que
je sois contrariée ae ce qui s'est passé.

— N'ayez pas de remords, madame. Ce
n'est pas ma blessure qui est grave,
c'est l'accusation portée contre des innocents.

Georges impatienté allait dire qu'un motif important l'appelait au dehors, lorsqu'un domestique apporta sur un plateau
une lettre pour mademoiselle.

— Je suis arrivée à point, pensa la veuve qui essayait de prendre un air contrit et navré en regardant la main blessée de M. Roussel.

— Qui a porté cela ? demanda Georges.

— Le jardinier auquel un jeune homme l'a remis de la part de Mlle Lucie de Brimont.

— C'est bien, dit Georges, en jetant la lettre sur la table.

Très gênée, voyant que la conversation languissait et que la situation devenait de plus en plus pénible, la veuve désirait cependant ne plus s'en aller avant que la lettre apportée eût été ouverte.

Armand, sans s'en douter, alla au-devant du désir de la veuve.

— Reprends cette lettre, Georges, et garde-la.

— Pourquoi?

— M. de Brimont connaît sans doute les bruits qui courent. Peut-être a-t-il déjà parlé à sa fille. Or, Lucie écrit à Lydia. Il ne faut pas que Lydia se doute des méchancetés du monde.

— Tu as raison.

Et Georges mit la lettre dans sa poche.

— C'est bien, pensa Mme Christian; il y a un Dieu pour ceux qui se vengent. C'est Georges qui va l'ouvrir, et peut-être devant Armand.

Elle se leva.

— Vous ne m'en voulez pas, monsieur Roussel, d'être venue chercher de vos nouvelles? Nous nous reverrons, n'est-ce pas?

Armand s'inclina. Elle reprit.

— Quant à M. Desroches, il fera justice j'en suis certaine, de ces abominables machinations qui ont éclaté autour de son nom.

— C'est bien ainsi que je l'entends,
madame, répondit froidement le jeune
homme.

Mme Christian ne put retenir un sourire
de doute qui se confondit avec la grâce de
son salut amical :

— Allez, messieurs !

Elle était à peine sortie qu'Armand, se
précipitant vers Georges :

— Ouvre cette lettre... Pourquoi Mlle de
Brimont écrit-elle à la sœur ? Elle demeure
à deux pas, et à la campagne on peut...

— En effet, c'est étrange, dit Georges,
interrompant.

Et il brisa l'enveloppe.

— C'est bien court.

Il lisait tout bas. Armand le regardait.
Peu à peu Georges, devenu horriblement
pâle, presque défaillant, s'était appuyé
contre la table pour ne pas tomber.

— Qu'as-tu? demanda Armand.

— Rien, rien, Lucie est malade. Elle demande son amie.

— Pas gravement? Fais voir la lettre.

Il s'avançait pour la prendre; Georges retira vivement la main.

— C'est une écriture d'homme! s'écria Armand, qui avait eu le temps de voir.

— Tu es fou, balbutia Georges, cachant toujours la lettre.

— Je veux lire, scanda Armand d'un ton bref.

— Et de quel droit? répliqua Georges. Tu n'es pas encore le mari de Lydia.

— Mais je suis ton ami..! mais je te supplie de me montrer ce billet.

Armand avait un accent ému et tendre. Georges, éclatant tout à coup en sanglots, lui tendit le papier :

—Eh bien, oui, lis, voilà.

Armand avait à peine jeté les yeux sur l'écriture qu'il s'écriait :

— M. de Brimont donne un rendez-vous à Lydia. Le misérable.

— Moi aussi, je doute maintenant, murmurait Georges d'un air sombre. Je t'ai dit autrefois ce que je pensais du comte...

Il allait sonner, lorsqu'Armand l'arrêta :

— Que vas-tu faire?

— Interroger Lydia.

— Non, malheureux, ne fais pas cela ! Ce serait atroce, si elle était innocente.

— Maintenant, c'est toi qui la défends.

— Je l'aime !

— Il faut chercher ; quelques indices nous guideront peut-être. Nos amours et ton bonheur sont en jeu : il faut triompher de la calomnie, car c'en est une, tu m'entends !

— Je vais provoquer le comte, le tuer ! cria Georges, la tête en feu.

— Et Lucie?

A ce nom, Georges sentit faiblir son reste de courage.

— Je n'ai plus de forces, soupira-t-il Comment savoir? Pour savoir, je donnerais mon sang.

Armand se sentait envahi et presque régénéré par une foi nouvelle.

— Plus je réfléchis, plus je trouve cette lettre absurde. La calomnie est trop forte, elle manque son but. Il faut épier à notre tour, intriguer, espionner. On ne refait pas la réputation des femmes avec des coups d'épée. J'ai eu tort de me battre. Contre la foule des railleurs et des méchants, il faut un mot qui ait la puissance d'arrêter les sourires, il faut un fait évident qui prouve l'innocence. Relève-toi, Georges, cherchons. Je vais aller d'abord chez M. de Brimont en ton nom. J'espère qu'il m'expliquera ce

billet. Toi, tu ferais un éclat, je serai calme.
Après, nous verrons.

— Va, permit Georges anéanti.

— Promets-moi de ne pas voir Lydia pendant mon absence...

— Soit !

— Le comte doit être chez lui ; je serai de
retour dans un quart d'heure.

III

Armand se retourna et resta stupéfait; le comte de Brimont venait d'entrer.

— Ne vous dérangez pas, monsieur, me voici.

Et s'adressant à Georges :

— Je désirais vous parler, monsieur Desroches?

— Vous m'évitez d'aller chez vous, monsieur.

— L'affaire dont il s'agit est publique; votre ami peut demeurer, continua le comte.

— J'allais vous demander qu'il restât.

Georges avait la voix brève et froide ; M. de Brimont le ton sec d'un homme qui veut en vain paraître calme.

Armand ne parlait pas. Il écoutait, jugeant les coups, cherchant la sincérité, déjà convaincu de l'innocence de M. de Brimont.

— Savez-vous le bruit qui court, monsieur Desroches ?

— Oui, on dit beaucoup de choses, affirma Georges, d'un air dédaigneux.

— Entre autres celle-ci : que vous êtes l'amant de ma fille !

— On ment, monsieur.

— On dit que le soir vous aviez des rendez-vous avec elle au fond du parc ; est-ce vrai ?

— Oui, monsieur, avoua le jeune homme.

Le comte plissa les lèvres de colère.

— De sorte que Lucie est, par votre faute, compromise et déshonorée,

— C'est vrai, constata Georges.

— Savez-vous ce qu'il reste à faire à un honnête homme en pareil cas? poursuivit le comte, que le sang-froid du jeune homme exaspérait.

— Epouser la jeune fille.

— Qu'attendez-vous alors?

— Il y a une heure, j'étais prêt à vous demander sa main. Maintenant, j'ai changé d'idée.

Le comte eut un mouvement de fureur.

— Cela s'appelle une lâcheté... qui de votre part m'étonne. J'en veux connaître la raison sur l'heure!

Georges, les bras croisés, très calme, très pâle, regarda le père de sa fiancée et jeta cette insulte :

— Parce que vous êtes son père!

Le comte fit un pas en avant et leva la main pour répondre par un soufflet.

Armand vint se placer entre eux.

— Jeune homme !

— Pardon, monsieur de Brimont, répliqua Georges, je vous ai écouté tranquillement. Je vous ai répondu avec franchise. Me permettez-vous d'interroger à mon tour ?

La voix de Georges ne vibrait plus. Elle avait maintenant un accent de simplicité douce et navrée.

— Savez-vous ce que l'on dit de plus ? Que nous sommes complices et que vous autorisez mes rendez-vous.

— C'est une injure dont vous êtes la cause.

Georges poursuivit :

— Vous les autorisiez, parce que je permettais les vôtres, moi, avec ma sœur Lydia !

— Grand Dieu ! s'écria le comte en reculant, et vous avez pu croire !...

— Vous avez bien cru le reste, vous ! Oui, on dit cela ! Comprenez-vous pourquoi maintenant je ne peux plus épouser votre fille ?

Et, se laissant aller à sa douleur débordante, les larmes revenant, Georges Desroches accabla M. de Brimont de toute l'horreur de l'accusation :

— Sentez-vous pourquoi l'émotion brise ma voix ? Avez-vous encore le courage d'accuser ma jeunesse parce que j'ai eu l'imprudence de causer seul avec Mlle de Brimont que j'aime aujourd'hui plus ardemment que jamais ? Osez-vous encore, vous, accusé d'une infamie plus grande, blâmer mon inexpérience et mon amour ? Je ne vous dois rien, monsieur, votre honneur est intact. Peut-être m'avez-vous volé le mien !

Le comte l'ayant écouté en silence, les yeux hagards, ne comprenant plus, murmura enfin :

— Je vous jure, monsieur Desroches, que nous sommes tous victimes d'une vengeance.

Armand tressaillit.

— Vous niez donc ce que vous avez signé là, reprit Georges en tendant à M. de Brimont le billet accusateur.

Le comte prit le billet, l'examina, le lut sous les regards inquisiteurs de Georges et d'Armand ; puis, le rendant :

— Ma franchise vaut la vôtre, n'est-ce pas ? C'est moi qui l'ai écrit...

Les deux jeunes gens firent un mouvement de stupeur.

— C'est moi qui l'ai signé... Seulement je vous affirme que je ne me souviens pas du temps où je l'ai écrit, et je vous jure que

ce n'est pas moi qui l'ai envoyé à Mlle Desroches... sur l'honneur ! D'ailleurs, inter-
rogez-la... ou plutôt non... ce serait
absurde de troubler cette enfant. Croyez-
moi, voilà tout.

Georges allait insister et discuter, lorsque son ami, qui avait écouté avec une
profonde attention, intervint :

— Nous sommes des fous tous les trois,
dit-il. On s'insulte, on se bat et l'ennemi
rit de notre sottise. Vous avez raison, monsieur de Brimont, il y a là-dessous une
vengeance. N'ajoutez pas un mot, continua-
t-il, en devinant leur intention de l'in-
terrompre ; ne parlez de rien à personne.

Réfléchissez chacun de votre côté, réunis-
sons-nous de nouveau dans une heure, une
fois calmes et lucides, vous me confierez le
résultat de vos réflexions, et je trouverai,
moi, d'où part le coup.

— Et quel moyen emploieras-tu pour deviner? demanda Georges.

— Un seul, la logique. De mon côté, je ne serai pas inactif. Je veux d'abord savoir qui a porté cette lettre.

Et il sortit, laissant les deux hommes livrés à leurs réflexions.

IV

Pendant ce temps, Lydia pleurait.

Elle s'était laissée tomber dans un fauteuil près de la fenêtre de sa chambre, brisée d'émotions, enveloppée dans une douleur poignante, la poitrine secouée de sanglots.

Et ce qui la torturait plus encore que l'accueil glacial de son fiancé, c'était le doute, c'était l'inconnu, c'était cette aventure mystérieuse à laquelle elle se sentait mêlée, c'était surtout cette blessure dont elle s'exagérait l'importance et qui lui faisait adorer Armand avec cette exaltation fébrile de la jeune fille pour qui un homme vient d'exposer sa vie.

Et cependant elle doutait de l'amour d'Armand. Hier, pensait-elle, il a passé la soirée chez Mme Christian. C'est là qu'il a dû provoquer quelqu'un. C'est peut-être pour elle qu'il s'est battu et non pour moi. D'ailleurs, qui m'attaque? Contre qui m'aurait-il défendue?

Ce mystère la bouleversait.

Dans son innocence de vierge, malgré la naïveté de ses pensées, elle n'était pas arrivée à vingt-quatre ans sans avoir saisi au passage des mots dits sur des situations, et vaguement elle comprenait qu'on avait dû l'accuser d'une de ces légèretés qui qui compromettent l'honneur des femmes.

Qu'avait-on inventé?

Et, tout à coup, elle fut comme frappée au cœur en voyant à cette heure matinale Mme Christian traverser le jardin.

Quand elle sut que cette femme était enfermée avec son frère et M. Roussel, après avoir eu d'abord l'idée d'aller écouter leur conversation, elle se recueillit dans sa dignité et ne quitta pas la fenêtre.

Quelques minutes après, à travers le feuillage, elle aperçut M. de Brimont qui, la tête baissée, longeait les arbres et venait vers la villa.

Sa curiosité excitée la rendit plus nerveuse.

Plus tard, elle vit sortir Armand, qui ne tourna même pas les yeux du côté de la fenêtre, comme il en avait l'habitude.

Alors elle ne pleura plus; mais bercée par le chuchotement des arbres qu'éveillait le vent, elle resta, les regards perdus et vagues, les joues encore humides, passive et résignée, attendant qu'un événement lui expliquât la cause de ses souffrances.

Un courant d'air lui frappa le visage. Elle se retourna.

La porte de la chambre venait de s'ouvrir et, dans l'entre-bâillement, la figure souriante et mutine de Lucie apparut.

— Toi! fit Lydia, en allant vers la jeune fille. Ah! j'avais besoin de ta présence; je suis bien triste.

— Je me suis échappée; dis-moi vite où est Georges?

— Il est avec ton père. Ils causent.

— Oh! je m'en doutais. Mais, malheureuse ils vont se battre peut-être. Tu ne sais donc rien?

— Se battre! répéta Lydia épouvantée.

— Oui, ce matin mon père m'a fait

appeler. On lui a dit que je voyais
Georges en secret. Il m'a grondée; il était
furieux. Puis quand je l'ai eu quitté, j'ai
entendu qu'il disait à ma mère, avec un
accent terrible : « Je vais régler cette
affaire. »

Elle avait en parlant une terreur-riante.
Elle ne se rendait pas compte de cette
chose qu'elle qualifiait de terrible. Elle
paraissait plutôt curieuse que tremblante
dans l'attente de ce qui allait se passer
à cause d'elle.

— Mais, ce n'est pas possible, répondit
Lydia, tu dois te tromper; tout le monde
se battrait donc. Ce matin, M. Roussel...

— M. Roussel s'est battu ? Pour qui ?

— Pour moi.

Lucie regarda Lydia avec un air d'admiration d'une naïveté étrange, et soupira :

— Tu es bien heureuse! Il doit t'aimer

beaucoup. Georges ne s'est pas encore battu pour moi.

— Enfant, tant mieux pour nous deux ! Si on nous le tuait.

— Oh ! répondit philosophiquement la fiancée de Georges, on ne se tue jamais. Est-ce qu'on a tué M. Roussel ?

— Mais on l'a blessé à la main.

— A la main, tu vois bien.

Et soudain, emportée dans un mouvement de tendresse, en voyant Lydia triste, elle ajouta :

— Je ne veux plus que tu sois inquiète ; je me serai trompée sur l'intention de mon père. Tout cela va hâter les choses, vois-tu. Mademoiselle, soyez donc joyeuse, puisque vous allez épouser M. Armand ! Nous resterons tous ensemble et toujours. Tu ne quitteras pas ton frère, « madame Armand Roussel. »

— Ne m'appelle pas ainsi fit Lydia tris-
tement souriante.

Elles se tenaient embrassées, Lucie
appuyée sur l'épaule de Lydia plus grande,
lorsque Mme de Brimont, le visage sévère
et dur, entra.

Elle ne salua pas, mais s'adressant à sa
fille d'un ton rogue :

— Tu es venue seule ?

— Oui, mère.

— C'est inconvenant d'agir ainsi ; je te
prie de me suivre.

Lydia intervint.

— Quel mal a-t-elle fait en traversant la
route, madame ? laissez-la-moi. Nous causons si bien toutes les deux.

Alors s'approchant de la sœur de
Georges, la comtesse de Brimont, avec une
méchanceté de douairière aigrie, glissa
cette phrase dans l'oreille de Lydia :

— Je tiens à la réputation de ma fille, mademoiselle.

— Que voulez-vous dire? interrogea Lydia toute pâle.

— Vous devriez m'avoir comprise.

— Madame... commença Lydia en relevant fièrement la tête, les lèvres frémissantes, le regard assuré.

Mais ses yeux se voilèrent et, courant à Lucie, elle lui dit avec un tremblement dans la voix, résignée :

— Va-t-en, ma chérie, obéis... laisse-moi...

— Tu viendras dans l'après-midi? lui cria Lucie en sortant avec Mme de Brimont.

— Oui, peut-être, adieu.

Et retombant sur son fauteuil, elle eut un nouvel accès de larmes, coupé de réflexions poignantes :

Qu'avait-elle donc fait? De quoi l'accu-
sait-on?

Il faudrait bien que quelqu'un se décidât
à parler pour qu'elle pût se défendre ! Son
fiancé l'avait repoussée ; on la séparait de
son amie, pourquoi? Dès que M. Armand
Roussel allait revenir, elle exigerait une
explication loyale et décisive. Elle ne pouvait plus vivre dans cette incertitude!

V

Et comme, une heure après, Armand apparaissait à la grille du jardin, Lydia, jetant sur ses épaules un mantelet, descendit à sa rencontre.

Elle marcha droit à lui dans la grande allée. Ils étaient émus tous les deux.

Une écharpe de soleil levant enveloppait la file des arbres. Il y avait un bruissement d'insectes réveillés sous la rosée des herbes. Quelques oiseaux chantaient dans la tendresse du matin.

Elle et lui se saluèrent.

— Je voudrais vous parler, monsieur Roussel. J'ai beaucoup de choses à vous demander.

Alors elle se tut.

Elle était rouge, confuse, émue.

Il comprit, lui prit le bout des doigts, et pendant qu'elle baissait les yeux, il murmura :

— Je vous demande pardon !

Elle ne voulait pas en savoir davantage. Que lui importait le reste. Il l'aimait. Elle avait été bien enfant de pleurer, puisque la dureté de son ami devait passer si vite.

— Merci, répondit-elle.

Et toute étonnée de sa grande douleur, elle s'enfuit souriante, sur le sable humide de l'allée.

Armand la suivant d'un regard passionnément tendre, songeait en montant l'escalier qui conduisait au cabinet de Georges :

— Oui, je lui rendrai en bonheur les larmes que je lui ai fait répandre !

Il retrouva M. de Brimont et Georges dans la même attitude, conférant avec la même émotion, l'un et l'autre se tenant toujours sur la réserve.

Leurs mutuelles réflexions n'avaient fait qu'assombrir le mystère. Lorsqu'ils se les communiquaient, on eût dit que le son des voix portait leur exaspération à la dernière limite et que la dissection d'un pareil sujet les emporterait dans une nervosité fatale à la justesse de leurs raisonnements.

Au contraire, lorsqu'ils cessaient de se consulter, ils étaient envahis par de violents soupçons et par des doutes qui aigrissaient leurs confidences. Quand Armand reparut, le sourire aux lèvres, il leur sembla qu'un libérateur entrait.

— Eh bien ?

— Eh bien ! nous n'avons rien trouvé de clair, dit Brimont.

— Rien, répéta Georges.

Armand s'assit.

— Pour moi le mystère est explicable, dit-il tout de suite.

Ils l'écoutaient, étonnés.

— Une remarque d'abord ; il n'y avait rien d'écrit sur l'enveloppe du billet de ce matin.

— C'est vrai, dit Georges.

— Maintenant, une affirmation : M. de Brimont a autrefois envoyé ce billet à quelqu'une de ses maîtresses... et, poursuivit Armand, après avoir réprimé un mouvement du père de Lucie... et cette maîtresse s'en sert aujourd'hui pour troubler la paix des familles.

Georges haussa les épaules.

— Quel intérêt une maîtresse de M de Brimont peut-elle avoir à déshonorer ma sœur ?

Armand l'interrompit d'un geste :

— Le fait suivant ne ressort-il pas clairement pour vous de ce qui s'est passé ; c'est que, la même personne vous ayant englobés tous les deux dans sa calomnie, a intérêt à vous désunir pour se venger de l'un de vous. Duquel ? Voilà la question. Georges est frappé dans sa fiancée et dans sa sœur ; te vous, monsieur de Brimont, dans votre fille seulement ; donc, c'est moins, et j'estime que vous n'êtes frappé que par contrecoup.

Les deux hommes écoutaient, silencieux.

— Armand continua :

— Qui a intérêt à se venger de Georges ? Une maîtresse que son prochain mariage avec Mlle de Brimont contrariait. De quoi cette personne se sert-elle pour arriver à ses fins ! D'une lettre écrite par M. de Brimont.

— Conclus, dit Georges.

— Il s'agit donc de trouver, à nous trois, une femme qui ait été votre maîtresse à tous les deux.

— Ce sera difficile, répondit le comte en réfléchissant ; j'ai quinze ans de plus que M. Desroches.

Armand sourit :

— Qu'importe ! Pour vous la femme était très jeune : pour lui, déjà mûre... Raisonnons... Vous ne m'aidez pas du tout. Faut-il que je vous confesse ?

— Continuez, supplia M. de Brimont.

— Mes maîtresses, ce qu'on entend par ce mot, c'est-à-dire les femmes avec lesquelles on a entretenu une liaison assez longtemps, sont faciles à compter ; je n'en connais qu'une seule, déclara Georges.

— Le problème est simplifié. Je la connais celle dont tu parles. Nécessairement, d'après mes déductions, elle doit avoir été *connue* de M. de Brimont.

— Je ne vois pas... Je ne vois pas... murmurait avec embarras le père de Lucie.

De nouveau, Armand intervint,

— Avez-vous connu jadis une jeune fille qui est aujourd'hui une jolie veuve ?

Ce fut une lueur.

Georges et M. de Brimont comprirent.

— Madame Christian !

Ce nom s'échappa de leurs lèvres comme un cri. Georges, exaspéré, rugit :

— Si c'est elle, je l'étrangle !

— Elle m'a rendu toutes mes lettres ! objecta M. de Brimont, qui doutait toujours.

— Oh ! remarqua Armand, si vous les lui avez réclamées, il est certain qu'elle aura eu l'idée d'en garder au moins une, par sou-

venir, ou par prudence, ou par lâcheté.
Hommes et femmes se valent à ce point de
vue.

Georges courba la tête un instant; ses
lèvres venaient de frémir; il était visible
qu'il se retenait pour faire à M. de Brimont une remarque cruelle.

Pourtant il n'y tint plus; mais, au lieu
d'éclater, il laissa lentement tomber cette
phrase, d'une voix pénétrante et douce, où
l'émotion atténuait l'âpreté du reproche

— Et vous receviez votre maîtresse chez
votre fille, monsieur! Tout le mal vient de là!

M. de Brimont s'avança, prit la main de
Georges et celle d'Armand, et, silencieuse-
ment, témoigna le regret d'un homme de
cœur qui permet qu'on le juge lorsqu'il a
des torts.

— Il faut punir cette femme, messieurs,
dit-il.

CINQUIÈME PARTIE

I

La première décision que prirent les trois hommes, la seule qui dût faire revirer l'opinion publique après le duel d'Armand Roussel et de M. de Losan, fut de continuer et même d'accentuer la vie d'intimité qui régnait entre les familles Desroches et Brimont.

Le lendemain de leur explication, Georges, ayant à son bras sa sœur Lydia, sonnait ostensiblement à la grille de la maison de Lucie, et, une heure après, le comte de Brimont, accompagné de sa fille, reconduisait chez eux le frère et la sœur.

D'ailleurs, la calomnie avait été trop forte pour que tout le monde l'acceptât sans discussion. Deux camps s'étaient formés : le camp de ceux qui haussaient les épaules et s'écriaient :

« Regardez donc ces jeunes filles ! Il faut être fou pour croire le mal qu'on en dit. »

Les vieillards surtout se refusaient à donner crédit à de telles infamies. Ils se disaient physionomistes et juraient que la chose était impossible.

Les jeunes gens, au contraire, l'autre camp, celui des étourneaux, des gommeux, des fats, des sots et des blasés, n'osaient pas affirmer qu'ils étaient sûrs, mais résumaient

leur scepticisme de ganaches en une phrase
à la fois malicieuse et bête : « On ne peut
pas savoir ! »

D'autres se creusaient la cervelle pour
établir un lien entre les calomnies et le duel
Losan-Roussel... M. Roussel était l'ami de
Georges. Cette explication ne leur suffisait
pas. Ils essayaient de trouver en cette affaire
un dessous mystérieux, d'où sortirait un
nouveau scandale appétissant.

Dans l'après-midi, Armand se rendit chez
Georges, serra affectueusement la main de
Lydia, et lui dit :

— Mademoiselle, préparez-vous, nous
montons à cheval tous, Georges, M. de Brimont, Mlle Lucie, vous et moi. Dans une
heure, soyez prête. Je viens de chez M. de
Brimont. Il est averti.

Le comte et Georges Desroches suivaient
aveuglément les conseils d'Armand.

Une heure après, la petite cavalcade était réunie dans le parc, sous les fenêtres de Lydia.

Les chevaux piaffaient, délicieusement harnachés. Lucie et Lydia, rayonnantes dans leurs costumes d'amazones, faisaient tourner leurs magnifiques bêtes sur le sable, en attendant que M. de Brimont donnât le signal du départ.

Georges et Lucie prirent les devants, Lydia restait derrière entre Armand et le comte.

Lentement, au petit pas, sur la route poudreuse, causant et riant, ils passèrent tous les cinq devant la villa de madame Christian.

La veuve se trouvait accoudée à une fenêtre.

Les deux jeunes filles saluèrent gracieusement. Georges et M. de Brimont soule-

vèrent leur chapeau. Armand retint un instant son cheval, et, deux fois, esquissa un
sourire affable. Même, il retourna la tête
jusqu'au moment où les arbres l'empêchè-
rent d'apercevoir Mme Christian.

Puis, la cavalcade disparut dans la poussière et s'enfonça dans une route sous bois.

On s'arrêta dans une clairière pour laisser
souffler les chevaux.

Lucie et Lydia, relevant leur traîne, par-
coururent une partie du bois.

Les hommes, restés près des chevaux,
causèrent :

— L'avez vous vue pâlir ? demanda
Georges.

— Elle a failli tomber à la renverse en
nous voyant passer tous ensemble. Elle doit
en être bouleversée.

Le comte se taisait.

Armand reprit :

— Vous seul, vous n'avez pas l'air convaincu, monsieur de Brimont. Avant huit jours vous le serez tout à fait ; dès à présent, je puis vous affirmer que Mme Christian s'est servie d'un de vos domestiques pour répandre la calomnie.

— Lequel ?

— Valentin. Il n'est plus chez vous depuis deux jours et vous l'ignorez ? mais ne vous inquiétez pas. Je l'ai pris à mon service.

M. de Brimont restait stupéfait :

— Ah ! ah ! je fais bien ma police, continua le jeune homme. Le plus petit doute ne doit pas subsister. Elle se trahira elle-même après que tout aura déjà prouvé qu'elle est coupable. Il faut d'abord qu'elle me croie épris d'elle. Le meilleur moyen de surprendre les secrets d'une femme, c'est de s'en faire aimer. Quand Georges me di-

sait, confiant : « Oh ! nous sommes très bien
ensemble, elle ne m'en veut pas ! » J'ai
pensé : « je la surveillerai pour lui », et je
l'ai surveillée. Grâce à moi, la chatte a raté
son coup de griffe. On a bien saigné un
peu... pleuré un peu, souffert un peu ; à son
tour maintenant.

A travers les arbres, les trois hommes
entrevoyaient les jeunes filles qui se tenaient
par la main et se lançaient sans doute dans
de mutuelles confidences.

On avait tenté de les séparer, elles s'ai-
maient davantage.

Si quelqu'un avait osé leur raconter ce
qu'on murmurait sur elles, autour d'elles,
elles n'auraient même pas compris. Elles se
communiquaient leurs peines d'enfants.
Pendant trois jours, elles avaient senti qu'un
malheur inconnu les frappait. Le comte,
Georges, Armand, les intriguaient avec leurs

figures étranges, leur conduite bizarre, leurs conversations à mi-voix.

Lydia, ayant été bien accueillie dans la matinée par Mme de Brimont elle-même, comprenait que l'orage s'éloignait.

Cette promenade à cheval venait de dissiper presque entièrement le chagrin des jeunes filles.

II

Au moment où Mme Christian avait aperçu
sur la route la cavalcade préparée et orga-
nisée par Armand Roussel, elle était tombée
dans une stupéfaction profonde. Instincti-
vement, elle allait se rejeter en arrière pour
ne pas être vue, avec ce mouvement des
gens qui se savent coupables et qui croient
qu'on va deviner leur faute s'ils se mon-
trent.

Mais sa volonté avait été plus forte ; elle

avait répondu aux sourires et aux saluts de
la petite troupe.

Emue, troublée, secouée d'un frisson de
rage, malgré l'écroulement de sa machina-
tion, malgré la déception terrible qu'elle
éprouvait devant cette union de ses enne-
mis, devant cette concorde insolente qui
semblait la railler, elle n'avait pu s'empêcher de remarquer le double salut amical
que lui avait adressé M. Roussel, et se sou-
venait encore de l'avoir vu se retourner
plusieurs fois avant de disparaître complè-
tement.

Peu à peu, cet homme occupait une place
plus grande dans ses pensées, et ses réflexions augmentaient encore l'attrait particulier qu'il exerçait sur elle.

Le soir même, elle en était arrivée au
point de ne presque plus songer au ridicule
dénoûment de sa vengeance, tandis que ses

désirs troublants de femme ardente mettaient devant ses yeux la figure idéalisée d'Armand.

L'abandon de Georges lui apparaissait maintenant comme un bonheur relatif. Elle ne l'aimait plus ; elle le haïssait plutôt ; son premier plan de vengeance n'ayant point réussi, elle userait du second qui s'offrait, celui là, plus simple, moins compromettant.

Elle se ferait aimer de M. Roussel.

Elle enlèverait à la sœur de Georges son fiancé.

Rien de plus légitime : puisque Armand lui plaisait, pourquoi n'userait-elle pas de ses droits de femme, pourquoi ne serait-elle pas coquette ? Après tout, s'il ne voulait pas devenir le mari de Mme Christian, peut-être la trouverait-il assez appétissante pour en faire sa maîtresse.

Lydia souffrirait et Georges n'oserait plus se marier de peur de laisser sa sœur malheureuse et seule.

Mais au fond, que lui importait maintenant cette revanche mesquine ? Elle cherchait des excuses dans sa haine.

La vérité c'est qu'elle aimait Armand.

Elle crispait ses mains sur les bras du fauteuil où elle était assise.

Depuis quatre jours, elle avait senti lentement cet amour lui envahir le cœur, et brusquement, dans l'après-midi, après les sourires d'Armand, caracolant sur son cheval, elle s'était abandonnée à une crise de passion.

Qu'est-ce donc qu'elle ressentait là, dans la poitrine ? Elle n'avait jamais éprouvé cela si violemment.

La veuve se leva, se regarda dans un miroir et se trouva vieille.

Alors elle eut une tristesse immense.

Elle ne voulut pas dîner, se coucha, passa une nuit des plus agitées, et dans ce lit où la solitude l'étreignait, reprise par un besoin d'expansion, elle se roula dans des sanglots et des contorsions de vierge folle.

Une idée terrible la hantait :

— Est-ce que Georges aurait dit à M. Roussel que j'ai été sa maîtresse ?

Si Georges avait parlé, jamais elle ne pourrait être aimée par Armand de l'amour qu'elle désirait maintenant !

Elle voulait un amour entier, violent, fougueux, passionné, qui fut en même temps dévoué, tendre, jeune et naïf, un de ces amours que les hommes de trente ans ne retrouvent que pour le vouer à une jeune fille pure.

Est-ce qu'Armand pourrait l'envelopper de cet amour-là ?

Elle comprenait que non.

Puis elle songeait à son passé, à sa vie troublée, et, prise de fureur contre les hommes, elle pensait que, si elle avait encore un nouvel amant, elle descendait au niveau des filles perdues.

Eh bien, elle l'aurait.

Qui le saurait, d'ailleurs ?

L'aube naissait. Elle s'habilla, descendit dans le jardin et, toute la matinée, se promena parmi les fleurs, rêveuse comme une jeune fille, échafaudant une idylle dans sa tête en feu.

Dans l'après-midi, à l'ombre d'un grand marronnier, devant la maison, elle était étendue sur une chaise longue, paresseusement, lorsque la clochette du jardin retentit.

On sonnait à la grille.

Elle regarda et reconnut M. Roussel.

Elle-même toute pâle courut ouvrir.

Salutations et compliments d'usage.

—A quoi dois-je l'honneur de votre visite, monsieur?

— Je viens vous demander une faveur, madame.

Parlez vite.

— Samedi, ma mère donne une grande soirée pour fêter une de ses nièces. Serez-vous assez aimable pour y assister? Ma mère ne vous connaît pas; néanmoins, c'est en son nom que je vous invite. Il lui a suffi de vous savoir liée avec la famille Brimont pour être heureuse de faire connaissance avec vous.

Mme Christian maîtrisa difficilement sa joie intérieure.

—Elle voyait dans cette invitation un prétexte à relations plus suivies avec Armand et, de plus, elle était flattée qu'on vînt la solliciter de faire son entrée dans une des maisons les plus en vue de la contrée.

— J'accepte, cher monsieur, j'accepte de bon cœur.

Ils marchaient côte à côte dans l'allée.

Elle était un peu troublée ; pourtant elle reprit :

— Vous vous êtes bien amusé, hier ?

— Beaucoup, madame, la journée était splendide.

Avant de monter la première marche du perron, elle s'arrêta :

— Voulez-vous que je vous traite en ami ? Il fait chaud ; nous serions mieux ici ; ne rentrons pas.

— Mais, madame comme il vous plaira.

— Voulez-vous visiter ma serre ? On la dit fort belle ; ceux qui s'y connaissent. J'ai des plantes de tous les pays.

Il la suivait, l'examinant avec un pli de

dédain aux lèvres, souriant dès qu'elle se retournait.

— Nous ne resterons pas longtemps, car le soleil a donné toute la journée sur le vitrage et l'on doit y étouffer.

Elle entra la première.

C'était une grande serre bien aménagée, avec deux allées sablées et un cours d'eau au milieu, qui susurrait à travers les plates-bandes.

Le soleil était tamisé par les stores qui habillaient la nef de verre, et les grands arbres étranges développaient, sous la coupole centrale, leurs larges feuilles vivaces dans une atmosphère alourdie de parfums énervants.

— Suivez-moi, dit-elle encore, ou plutôt donnez-moi le bras.

Sa robe frôlait les fleurs, et les branches emmêlaient sa chevelure pendant qu'elle

expliquait au jeune homme les noms et la
rareté de certaines plantes exotiques.

Armand écoutait, jouant le ravissement,
coulant sur elle des regards émerveillés et
tendres.

Ils étaient arrivés près d'un banc de gazon qui entourait la base d'un énorme ba-
nanier.

La chaleur de la serre devenait troublante,

Tout à coup Mme Christian s'affaissa mollement en fermant les yeux

— Qu'avez-vous ? demanda-t-il.

— Je ne sais pas... un éblouissement... ce
n'est rien... cela va passer.

Mais ses yeux restèrent clos, ses lèvres ne
frémirent plus.

Si Armand avait aimé cette femme, il se
serait empressé pour la secourir.

Immobile, il la regarda.

Les joues étaient restées roses, la poitrine se soulevait régulièrement, les lèvres n'étaient pas décolorées, la pose était gracieuse.

Il comprit.

Une moue de répulsion plissa sa bouche. Il hésita, puis s'agenouilla.

— Après tout, c'est mon rôle, pensa-t-il..

Il prit un air d'adoration qui lui donna une haute idée de ses capacités de comédien en matière d'amour ; il saisit les doigts de cette main fine et blanche qui s'offrait inerte, entoura le poignet nerveusement, et subitement s'asseyant sur le banc de gazon, comme cédant à un besoin irrésistible de passion furieuse, il effleura de ses lèvres la bouche de la veuve.

Elle ouvrit les yeux.

Il était déjà debout, comme un voleur confus.

— Faut-il vous donner de l'air ? dit-il en essayant de balbutier.

Mme Christian détourna son regard, croyant l'intimider, et murmura :

— C'est bizarre ! je ne savais plus où j'étais. Je vous demande pardon, monsieur.

Il ne répondit rien, sûr de l'effet produit par ce silence timide.

Et comme un quart d'heure après, elle s'appuyait encore languissante à son bras qu'elle pressait doucement, il inventa un prétexte, et souriant, lui dit :

— Donc, à samedi, madame.

— A samedi, monsieur.

III

Du portail de la route jusqu'au perron de
la grande entrée, une allée immense bor-
dée de peupliers étendait un tapis de gra-
vier fin qui bruissait sous les roues des voi-
tures.

Des chasseurs galonnés ouvraient les por-
tières,

Le vestibule flambait dans une profusion
de lumières, et sur le soir la silhouette du
château moderne appartenant à la famille
Roussel se détachait, repoussée par un fauve

éclat de lune qui montait derrière les tou-
relles.

Déjà M. Georges Desroches était arrivé,
accompagné de Mlle Lydia Desroches.

Déjà, M. le comte de Brimont, Mme de
Brimont, Mlle Lucie de Brimont avaient fait
leur entrée dans les salons de Mme Roussel,
mère d'Armand.

M. le marquis de Losan était descendu
de voiture quelques minutes avant dix
heures.

Une foule d'invités, parmi lesquels tous
ceux qui avaient assisté à la soirée de
Mme Christian, défilait sous les portes aux
frontons dorés.

Les fenêtres du grand salon s'ouvraient
sur une terrasse où la verveine et l'hélio-
trope embaumaient les souffles attiédis.

La fête chantait, la valse tourbillonnait,
et, dans la nuit claire, se hâtant au trot

d'un joli poney noir, Mme Christian, délicieusement émue, entendait de la route ce bruit joyeux dans lequel elle allait entrer.

Ce fut Armand lui-même qui la reçut.

Elle connaissait tout le monde présent, elle eut un salut pour chacun, un sourire pour plusieurs et des amabilités pour la famille de Brimont.

Mais, quand elle s'approcha de Lydia, la jeune fille affecta un air hautain qui la surprit.

Toute la soirée, la veuve suivait Armand des yeux. Une fois, à travers une glace, mêlé aux domestiques de l'antichambre, elle aperçut un visage qui lui était connu, et qui la fit pâlir.

Valentin, ici? murmura-t-elle.

Elle se promit d'éclaircir ce mystère. Pendant un instant, elle eut peur.

Les physionomies lui paraissaient bi-

zarres. Il y avait, de la part de M. de Brimont et de Georges, des amabilités forcées
dont elle ne découvrait pas le sens.

Un salon où l'on ne dansait pas s'offrit à
ses méditations. Elle y entra. Ce salon et
des galeries intérieures communiquaient
par plusieurs portes. C'était une rotonde
charmante préparée pour l'intimité.

Mme Christian s'y trouvait depuis quelques minutes, lorsqu'Armand parut devant
elle.

— Vous ne dansez pas? demanda-t-il.

— A mon âge! Êtes-vous méchant?

— C'est pour faire contraste avec vous,
qui êtes la bonté même.

— Oh! ne vous mettez pas en frais de
compliments. Je sais comme on me juge...

— On vous calomnie, sans doute.

— Pourquoi raillez-vous en me disant
cela? Votre sourire me fait mal.

— Puis-je être triste en vous regardant ?

— Ne soyez pas banal.

— Mais...

— Ne me traitez pas comme tout le monde, vous?

Elle appuya coquettement sur ce « vous », avec un sourire délicieux.

— Asseyons-nous-là — Armand indiquait un canapé — et causons.

— On nous remarquera, objecta-t-elle en se récriant.

— On croira que je vous fais la cour, répondit-il avec aplomb.

— Y tenez-vous, fat?

Elle éclata de rire.

— Si vous y consentez, pourquoi pas? N'êtes-vous pas veuve et libre?

— En effet, pourquoi pas? répéta-t-elle avec une pâleur subite. Vous êtes jeune et beau.

— De plus, continua Armand en plaisantant, je n'ai jamais été heureux au jeu, j'ai vingt mille livres de rente et une blessure authentique, reçue en duel.

— Vous n'êtes pas sérieux, décidément.

— Vous l'êtes trop, madame. On croirait que vous méditez une folie.

— Et si vous aviez deviné?

— Je me demanderais laquelle.

— Quelle est la plus grande que puisse commettre une veuve?

— C'est d'essayer d'aimer?

— Pourquoi?

— Parce que, trompées une fois dans leur chimère de bonheur éternel, les veuves calculent avec leur seconde passion et ne se donnent qu'après avoir compté les chances... ce qui n'est plus de l'amour.

— Mais si elles n'ont jamais aimé leur mari?

— Alors, c'est différent... Leur seconde union est si ardente que leur amour est difficilement partagé...

A ce coup imprévu, Mme Christian eut un frisson douloureux.

— Il ne m'aime pas, pensa-t-elle.

Et, faiblement. elle posa cette question :

— Votre sentiment personnel sur cette matière ?

Alors Armand, railleur et poli, avec une courtoisie banale, qui ne cachait plus rien de son indifférence.

— Mon sentiment personnel est que l'amour ne connaît ni obstacles, ni préjugés. Il faut vous remarier, madame.

Mme Christian allait répondre, mais M. de Losan entrait.

— Tiens ! mon ennemi mortel ! s'écria Armand en se levant pour lui serrer la main.

M. de Losan salua Mme Christian.

— Les duels font les bons amis! Me promettez-vous une valse, madame?

— Oui, monsieur — elle fit un effort pour quitter le canapé; — seulement, je suis bien fatiguée. Asseyez-vous, monsieur de Losan. N'est-ce pas que M. Roussel est charmant? Comment le trouvez-vous?

— Très bien, parfait. Et vous?

— Moi aussi. Pourquoi ne se marie-t-il pas?

— Avec vous! demanda brutalement le marquis en riant de sa plaisanterie.

— Indiscret! Et pourquoi pas?

— Parce qu'il aime Mlle Lydia Desroches.

— Ah? il l'aime, dit la veuve, devenue subitement très pâle.

— Oui.

— Mais... il me semble... après ce qui s'est passé... que...

— Il l'épousera.

— Vous croyez?

— J'en suis sûr.

— Est-ce possible!

— Vous le verrez bien, conclut M. de Lo-san...

— Mon cher, on joue la valse et je suis vraiment fatiguée, m'excusez-vous?

— A tout à l'heure alors, madame.

Et il laissa, dans le petit salon, la veuve en proie à une rage sourde et violente.

IV

Une porte latérale s'ouvrit.

Valentin entra.

Un spectre n'eut pas davantage troublé Mme Christian.

— Vous ! s'écria-t-elle. Cette livrée ?

— Est celle de la maison. Je suis au service de M. Roussel.

— Quitter le comte, c'était lui faire soupçonner...

— J'ai préféré partir qu'être chassé... et puis j'avais des remords.

— Puisque c'est moi qui ai tout fait! dit-elle avec cynisme... Vous venez sans doute réclamer ?...

— La somme promise.

— Je ne l'ai pas sur moi.

— J'en ai besoin. Je file. J'ai peur qu'on ne nous découvre. Et la correctionnelle ?

— Encore une fois, je ne peux pas vous payer ici.

— Mais, puisque j'ai besoin d'argent sur-le-champ, cria-t-il d'un ton âcre.

— Baissez la voix ! ordonna-t-elle.

Elle ajouta, presque tremblante :

— Donnez-moi de l'encre, du papier, misérable !

— Prévu. Voici.

Et Valentin mit le tout sur un guéridon.

Mme Christian écrivit et lui remit le billet ;

— Payable à vue chez mon banquier. Tenez,.. et sortez vite... on vient.

C'était Lydia qui poussait une autre porte de la galerie et qui, le regard hautain, s'avançait vers la veuve étonnée :

— Quelle dette venez-vous de payer là, madame?

A cette question de la jeune fille, Mme Christian, elle aussi, releva la tête et, la toisant d'un souverain regard de dédain :

— Vous écoutez aux portes, mademoiselle ! De quoi vous mêlez-vous?

— De mes affaires, il me semble ! répliqua Lydia avec une fureur contenue. Jurez-moi que je n'étais pour rien dans ce qui se passait ici.

— Pour rien.

— Moi, j'affirme que vous venez de payer à cet homme le prix d'une calomnie.

16

— Qui donc vous a si bien renseignée ?
demanda Mme Christian en essayant du
persiflage.

— Une calomnie que j'ignore, reprit
Lydia, dont le front et les joues se coloraient
à mesure que son indignation grandissait,
une calomnie qui me frappe, une calomnie
assez ignoble pour qu'elle a failli briser
les liens de deux familles et causer la mort
de mon fiancé.

— En effet, M. Roussel vous a défendue
avec une ardeur compromettante, souligna
la veuve avec un sourire plein d'amertume
et d'insolence.

— Vous voyez bien que vous savez de
quoi je veux vous parler. Votre jalousie
vous trahit, madame. Ah! vos regards
haineux ne me font point trembler. Je suis
une jeune fille, mais j'ai l'âge d'une
femme, et je devine que vous avez commis

une infamie contre moi ! Qu'avez-vous inventé ? Quel est le mensonge dont vous m'avez souillée ?

— Et, quand j'aurais parlé, après tout ? s'écria Mme Christian irritée, Ne vous ai-je pas surprise en pleurs sous un baiser de M. de Brimont ?

— Ah ! murmura Lydia pâlissant, j'aurais dû me douter qu'elle avait dit cela !

Et la veuve, s'approchant de plus en plus de Lydia, ajouta d'une voix où perçait sa haine :

— Et je l'ai dit parce que c'était vrai !

— Vous mentez, madame Christian !

C'était derrière elle qu'une voix forte avait jeté ce démenti.

Elle se retourna et reconnut Armand.

Livide, stupéfaite, comprenant maintenant le piège, elle essaya de se justifier :

— J'en appelle à votre fiancée elle-même.

Et, comme Armand enveloppait la jeune
fille d'un regard interrogateur :

— Est-ce que vous douteriez de moi sur
un mot de madame? répondit Lydia d'une
voix nette et ferme. M. de Brimont m'em-
brassa ce jour-là, c'est vrai... et ce baiser
paternel que vous prétendez avoir surpris,
il me le donna dans un salon dont les portes
étaient ouvertes — il me le donna pour
essuyer les larmes que me faisait verser
votre coquetterie avec M. Armand, madame,
pour me rassurer sur son amour que vous
vouliez me voler... Voilà la vérité! et, si je
descends à me disculper, c'est qu'il me
tarde qu'on vous méprise et qu'on me
rende l'estime dont je n'ai pas démérité.
Je vous somme de réparer de vous-même
le mal que m'avez fait, si vous avez encore
du cœur.

Mme Christian, la tête baissée, intimidée

sous les regards d'Armand, écoutait à peine les paroles de la jeune fille, et sa tête s'emplissait de bourdonnements.

— Eh! bien, madame, consentez-vous à réparer? demanda sèchement le jeune homme.

— Non, monsieur, non. Je nie. Je nierai jusqu'à la fin, toujours et quand même, et malgré vous...

Et, drapée dans une arrogance pleine de rage, elle se dirigeait vers le grand salon, lorsqu'Armand la retint doucement par le bras.

— Niez tant qu'il vous plaira, madame, on a tout entendu. J'avais bien disposé les choses, voyez-vous. C'est ici comme au théâtre!

Toutes les portes de la rotonde s'ouvraient à la fois, et Mme Christian, éperdue, affolée, roulait des regards étranges de terreur sur la foule rangée dans les galeries.

M. de Brimont vint à elle :

— Nierez-vous avoir gardé un billet de moi que voici ?... Nierez-vous avoir corrompu un de mes domestiques ?... Nierez-vous avoir fait propager sur ma fille des propos...

— Qui étaient vrais, murmura la veuve.

— Vrais ! reprit Georges à son tour, mais les faits étaient interprétés par vous, et c'est assez dire !... Niez-vous donc avoir fait servir à une manœuvre lâche et perfide, à un attentat contre l'honneur de ma sœur, le billet d'un de vos amants.

— Vous pourriez être plus noble, monsieur, riposta la veuve, qui se remettait peu à peu de son trouble et jetait sur le salon des regards dédaigneux.

Armand, choqué de sa tenue, s'avança à son tour :

— Et, si vous niez, voici un papier qui prouve le prix que vous mettiez à réussir dans votre petite combinaison.

C'était le billet donné à Valentin.

Armand ajouta, méprisant :

— Vous avez signé sous la menace d'un valet. Ce billet est nul, je le déchire. C'est autant de gagné pour vous, madame.

Cette dernière insulte, venant d'Armand, la fit chanceler.

— Eh bien ! oui, je l'avoue, cria-t-elle à la face de tous, et rouge, indignée, elle laissa déborder son cœur :

— J'avoue ! Vous me chassez, n'est-ce pas? Comme je suis coupable d'avoir voulu me venger du mal qu'on m'a fait ! Vous comte, vous avez abusé de ma jeunesse et profité de mon ignorance de la vie ; vous, monsieur Desroches, après la mort de mon mari, vous avez su être assez faux pour

m'envelopper dans le reste de mes illusions, et vous, monsieur Roussel, vous
avez tenté d'être mon amant! C'est moi qui
suis votre victime!

Et, apercevant Armand qui tenait la
main tremblante de Lydia, voyant Lucie
qui s'était rapprochée de Georges, elle
résuma sa haine dans ce cri méprisant :

— Voilà vos maris ! Ce sont eux qui
m'ont faite ce que je suis... et ils me
chassent !

Elle eut un rire pour cacher sa souf-
france, et, comme les rangs s'écartaient,
elle se dirigea vers la sortie.

En ce moment, M. de Losan entrait.

Dans son désir de vengeance, elle crut
trouver un défenseur.

— M. de Losan, dit-elle, on me chasse...
vous arrivez à temps...

Sans lui laisser finir sa phrase, d'un

geste insolent, le marquis avait ouvert largement les deux battants de la porte.

Mme Christian devint blême :

— Laquais ! dit-elle.

1883.

FIN

EMILE COLIN, IMPRIMERIE DE LAGNY (S.-ET-M.)

AVIS DE L'ÉDITEUR

Le but de la collection des *Auteurs célèbres*, à **60** centimes le volume, est de mettre entre toutes les mains de bonnes éditions des meilleurs écrivains modernes et contemporains.

Sous un format commode et pouvant en même temps tenir une belle place dans toute bibliothèque, il paraît chaque quinzaine un volume.

CHAQUE OUVRAGE EST COMPLET EN UN VOLUME

POUR LES Nᵒˢ 1 A 385, DEMANDER LE CATALOGUE SPÉCIAL

En jolie reliure spéciale à la collection, **1 fr.** le volume

ENVOI FRANCO CONTRE MANDAT OU TIMBRES

Imprimerie LAHURE, rue de Fleurus, 9, à Paris.

www.ingramcontent.com/pod-product-compliance
Lightning Source LLC
Chambersburg PA
CBHW070501030726
47503CB00004B/1134